· 全民微阅读系列 ·

一盏灯的温暖

刘永飞　著

江西高校出版社

图书在版编目（CIP）数据

一盏灯的温暖 / 刘永飞著 . — 南昌：江西高校出版社，2017.3（2021.1重印）

（全民微阅读系列）

ISBN 978-7-5493-4932-6

Ⅰ. ①—… Ⅱ. ①刘… Ⅲ. ①小小说—小说集—中国—当代 Ⅳ. ① I247.82

中国版本图书馆 CIP 数据核字（2016）第 321149 号

出 版 发 行	江西高校出版社
社 址	江西省南昌市洪都北大道 96 号
总编室电话	（0791）88504319
销 售 电 话	（0791）88592590
网 址	www.juacp.com
印 刷	永清县晔盛亚胶印有限公司
经 销	全国新华书店
开 本	700mm×1000mm 1/16
印 张	14
字 数	160 千字
版 次	2017 年 3 月第 1 版
	2021 年 1 月第 2 次印刷
书 号	ISBN 978-7-5493-4932-6
定 价	45.00 元

赣版权登字 -07-2016-962

目录

第一辑　找个人谈谈

　　某些时候，我们都有找人倾诉的愿望，但是囿于种种现实的情境，这种愿望却只能引而不发，不过这淤积于胸的情绪总要找个借口显现出来，于是，你会发现这正是产生啼笑皆非和悲欢离合的原因。

白　牙

　　大家拿到照片时，却发现杨小慧的嘴巴被自己的一只手捂着。直到这一刻，我们才隐约感觉到杨小慧的痛苦，或许我们大家都是制造这个痛苦的帮凶。

　　杨小慧因牙白而得到了"白牙"这个绰号。

　　说起这个绰号的起源，还要追溯到新学期的第一节课。那时候，老师要找一个同学回答问题，当他的目光落到杨小慧的脸上时，怔了一下，然后微笑着说："请这位牙很白的同学回答一下吧。"老师的本意是赞美的，却不小心变成了一个黑色幽默，同学们一下子都笑出声来。

"她的牙可真白呀！"见到杨小慧的人都会不由自主地感慨。

怎么来形容她的牙白呢？简单地说吧，她的嘴里犹如含着白炽灯管，哪怕朱唇轻启，嘴里的光亮都会射出来。说夸张一点，如果走一段昏暗的路，她根本不需要手电筒，只把牙齿露出来即可。

于是，"白牙"这个绰号，被同学们毫无争议地冠在了她的头上，也不管她愿不愿意，或接不接受。

但我不得不说，她的牙齿过于亮白，以至于在脸上喧宾夺主。其实杨小慧不丑，仔细瞧还很耐看，可是，见到她的人很少去看她的整张脸，而是直奔牙齿，结尾还不忘无限感慨地说："你的牙可真白！"

然而，谁都不会想到，当所有见到她的人都感叹于她的牙白后，这牙成了她的负担。杨小慧在公共场合说话越来越少，她始终把嘴巴闭得紧紧的，像是嘴里噙着一口水，而水又会一不小心流出来，所以她时刻防范着，这就使得她的嘴巴怪怪的，像一个兔唇手术的失败者。

后来，杨小慧的牙白被传遍整个学校，她走到哪里都会有人认得，他们在背后指指点点、议论纷纷。

不久，她开始戴口罩出门，即便如此仍会被人认出，有的人一边"狗仔队"似地偷拍，还一边跟旁边的人说：

"嗨，嗨，你看，这不是中文系的'白牙'么，她怎么戴口罩了？"

此后，杨小慧出门的行头多了大衣、帽子和墨镜，可不幸的是，她依然会被人认出，仿佛她的身上打有无形的字幕。

到后来，杨小慧就不怎么出门了。

时间过得真快，转眼已到毕业季，大家都八仙过海各显其能地找工作，却很少有人注意杨小慧的落寞。据她唯一的闺蜜庞小伊说，本来人家对她的条件挺感兴趣的，可是每次面试的人都是先盯着她的嘴巴看半天，然后问她的牙齿是不是烤瓷的？

杨小慧的脸一下子红到耳根，连说不是，可是人家的表情充满怀疑，结果工作的事情再无下文。我们私下里都替杨小慧抱不平，骂那些面试的人王八蛋，你说这工作跟牙齿有什么关系？

终于毕业了，在拍毕业照的前一秒钟，也是在摄影师的一再提醒下，杨小慧摘掉了口罩。可是等大家拿到照片时，却发现杨小慧的嘴巴被自己的一只手捂着。直到这一刻，我们才隐约感觉到杨小慧的痛苦，或许我们大家都是制造这个痛苦的帮凶。

一转眼，我们毕业好多年了，有的同学一直联系着，有的同学杳无音信，比如杨小慧，大家都不知道她去了哪里，过得如何。直到有一天，庞小伊在同学群里发了一个爆炸性的消息，她说杨小慧踏入演艺圈了。我的天！

一盏灯的温暖

这可真是个石破天惊的消息。

她还宣布今年的同学会由她牵头，在下个月的美丽城大酒店举行，而且杨小慧也被她拉过来了，这可真让人充满期待！

这一天，大家早早地来了，来了就四处张望，女生连厕所也不放过。大家都很失望，因为唯缺杨小慧。

这时的庞小伊就成了杨小慧的新闻发言人，我们这才知道，杨小慧现在是某牙膏品牌的代言人，而且代言费好几百万，这让我们非常吃惊，于是大家更加期待杨小慧的到来。对于她的牙齿大家都不怎么关心了，现在，男同学关心的是她开什么车来，女同学关心的是她穿哪个服装设计师的作品。

杨小慧终于出现了！令人不可思议的是，她始终戴着口罩。自然，她也没留下吃饭，临走时，她说自己还有个"通告"，今天的饭她请，说完就走了。

少了杨小慧大家都很遗憾，但晚饭不需要自己掏钱，这让大家吃得格外开心。

回到家里，我迫不及待地打开了庞小伊发给我的链接，这是一个视频，视频里的杨小慧浓妆艳抹，她有些做作地说着广告词，然后把自己雪白的牙齿露出来。

就在这一刻，我的心里不觉一阵刺疼。因为，我看到在杨小慧张开嘴的一瞬间，她的表情僵硬而痛苦，仿佛她的嘴是被人强行撕开的！

望江楼

李靖看似意气风发，可是那眼睛的背后却是疲惫，一种只有官场才有的疲惫。此时，坊间的各种传闻开始在他脑海蔓延，难道这些都是真的？

接到李副市长要来江城的电话，局长第一个告知的是张直。

局长说，张老，大修望江楼的经费就全靠您了！靠我？是啊，谁不知道李副市长是您最得意的门生呢！

回到家里，他还是忍不住把李靖要来江城的消息跟老伴说了。"是吗？"老伴不觉惊喜。李靖嘴甜，手勤，人聪明，当年她是多么喜欢这个孩子呀，她曾当着李靖的面说，我这辈子要是有个女儿，一定让她嫁给你。只是令她不解的是，自从李靖离开江城再也没回来过，甚至连个电话都没有。有时候，她想从张直的口中得到一些李靖的近况，张直总是含糊其词。

夜已经很深了，张直却没有睡意，他在揣摩李靖来江城的用意，莫不是……

李靖确实是张直的得意门生，当年，他拒绝了多个领导的纸条，义无反顾地录取了这个来自农村的孩子，他觉得这孩子聪明、好学，且真心喜欢这个专业，可是当李靖博士毕业后，他却发现这孩子的心思并不在文

一盏灯的温暖

物上。

江城因江得名，此江虽比不得长江，可在北方却是一条大河了。望江楼始建于明末，由于年久失修，已多年不对外开放，现为文物研究所的办公之地。近年来，在旅游经济的诱惑下，重修望江楼的呼声日益高涨，就张直而言，他不希望此处成为游人如织的"圣地"，他知道望江楼的开放日，就是它的毁灭日。可是如果没有旅游这个"幌子"，又怎能筹到大批的修缮资金呢？

望江楼依江而立，左侧是江的上游，上游弯曲狭窄，遇到丰水期，江流奔腾而下，咆哮而至，江水绕着望江楼转了大半个圈子，泄入下游，此时的江面突然极度宽阔起来，任凭上游气势汹汹，可是到了这里却变得悄无声息，似乎刚才的生机一下子全无了。

张直喜欢站在顶楼那面已斑驳的"海天旭日"的匾额下看日出。海天旭日，好大的气势呀！他常常琢磨，在一个远离大海的内地书写这样的匾额，这一定是一个有大胸怀的人。

"老师，我觉得人生就要像这条江的上游，要去激荡、奔腾，要有大气势、大气魄。"这时的张直已经知道了李靖的心思，他要走只是时间问题。张直说："下游不是死水，那是一种淡定，一种有容乃大的胸怀，'海天旭日'般的境界非常人所及啊！"

李靖还是走了，去给一个领导当了秘书。可是第二天张直就追到省城，当知道了老师的来意，李靖先是红着脸沉默，然后就是哀求，他希望老师放过他，就像什么事情都没有发生过一样。因为领导喜欢这些东西，这会对他的仕途大有帮助，再说了，这几件"小玩意"，本来就是他盘点时盘多出来的，账面上并没有记录。

张直说，看来我还没有真正了解你呀！不过你是了解我的，我希望你能把带走的东西完璧归赵，我既往不咎，我想你不希望我直接找你的领导吧。无奈，李靖交出了他悄悄带走的几件"小玩意"。此时，张直看到学生的眼中闪过一丝怨恨，彼此都明白，他们师生的情意尽了。当然，这是秘密，张直没有告诉过任何人。

"老张，李靖来江城，你一定要让他回家来坐坐，我给他烧几个他当年最喜欢吃的菜。"老伴同样没有睡意，接着又说道："孩子的事儿你顺便给他提提，你要是不方便我来说。"提及孩子的事儿，张直就堵心。最近儿子的单位机构改革，按说不管论哪些条件都裁不到自己的儿子，可是，儿子偏偏就被裁到了，他去找儿子的领导，领导也实话实说，他说能留下的都是上级递过条子的，他只能拣软的捏。这一刻，他似乎理解了李靖为什么不跟他学考古，而一定要踏入仕途。

但是，张直没有接老伴的话茬，老伴知道他的秉性，他认准的理儿，没有谁能拗得过。

半个月后，他们师生终于相见了。如今的李靖已不再是当年那个一说三笑的毛头小伙子，而是被人前呼后拥的领导干部了。李副市长说，他们的报告看了，重修望江楼的经费没有问题。局长激动得语无伦次，拼命地敬酒。席间，李靖喝得微醺，他突然望着张直说："老师，我想明天登临一次望江楼，再看看那块'海天旭日'的大匾。"这，张直颇为意外，不过，他沉吟了一下说，所里有规定，非文物管理人员是不能入内的。

李副市长并没有对张直的拒绝而不快，只是眼里闪过一丝深深的遗憾。局长赶紧"打圆场"，他知道张直的脾气，要不是这耿直的脾气，他老人家怕是省长都当上了。他说，来，喝酒，喝酒。可是第二天，当局长领着李靖一大早来到望江楼时，张直已立在门口。他说，这是原则问题。听了这句话，李靖的脸色一变，然后，头也不回地走了。你呀你！局长一副恨铁不成钢的样子，然后讪讪地追李副市长去了。

当张直回到家里时，局长已在家里等候。他说张老呀，您今天是何苦呢，您知道吗，人家人没来，就先问您家里有没有什么困难，嗬，您儿子的事我给人家说了，人家一句话就搞定了，嗬，这些补品，都是他让我带给您的，至于您儿子的事人家压根儿不让说，我是实在看不下去了，才……唉，您呀……

夜深了，张直没有睡意。李靖看似意气风发，可是那眼睛的背后却是疲惫，一种只有官场才有的疲惫。此时，坊间的各种传闻开始在他脑海蔓延，难道这些都是真的？想到这儿，他翻身下床，毫不犹豫就拨通了李靖的电话，也顾不上几点了。

出乎意料，拨号音只响了一声，那头就接了，似乎一直在等待着他的电话似的。

孩子！张直还想说些什么，可是除了喘息和哽咽他什么也没有说出来。

"老师，您什么都别说，您能来这个电话对我来说就足够了，老师，我非常怀念在望江楼的日子！"

此后，电话的那头一直就是静默。

一盏灯的温暖

赵书记似乎看透了他的心事，就向他挤眉弄眼道，这事儿要的就是隐蔽，整个小区的人都知道咋回事了，人家哪还好意思再来呀。

孙建伟刚上班，锦绣居委的赵书记就来了。他有些神秘地来到孙建伟身边悄声说："孙警官，我们小区有情况！"出于职业的本能和敏感，孙建伟起身带赵书记来到一间会议室。赵书记说："我们小区有个卖淫窝点。"孙建伟一听眉头立刻皱起，锦绣小区正申办市级文明小区呢，这时候出现这情况可不是好事情。再说了作为"片长"，若查实了，他还是有责任的。

孙建伟说，小区里不是排查过了么？赵书记说，唉，我们工作有死角啊，当然，这事儿得怪物业公司，他们私底下将一间地下室租给外地人，且不向居委汇报，而我们一直以为地下室潮湿，不会有人居住，可是，事情偏偏就出在这里。

赵书记说，据物业公司反映，这间房子是一个年轻的女孩租的，可她租了房子并不常住这里，大约一星期来一次，她不住也就算了，关键是有陌生的男男女女来此，每次都是一对一对的，长的在房间里待三四个小时，短的两小时不到就出去了。这不，物业公司觉得这里面有问题，才向居委会汇报的。

孙建伟觉得这事儿挺棘手，要尽快弄清情况。孙建伟先查了那个女孩租房用的身份证，结果没问题。接着他一边查看小区的监控录像，一边派人在高处蹲点观察。他发现这些人的进出不算太频繁，多是集中在周末，孙建伟把视频的时间和对象一综合，发现来这里居住的男女共有八对，且每次男女都是固定的，看他们挽着手进出小区的样子挺恩爱，不像是卖淫。孙建伟心里纳闷，这到底是怎样一群人呢？

这一天，租房的那个女孩又来了，她手里挽着之前的男子。他们进屋不久，孙建伟一行就走进地下室。外面的世界阳光明媚，步入地下室立刻就跌进黑暗，地下室阴风嗖嗖，到处是刺鼻的霉味。他们几乎瞎摸着，走到眼前的一个亮灯的房间。

敲门。屋里一阵慌乱。

谁？

居委的，来登记一下。

门开了，一对男女有些拘谨地把他们让进屋里。这是一间简陋得不能再简陋的房间，里面除了一张床和一个用钉子钉起来的小桌，再没有别的家具，颇令孙建伟有些意外的是，那桌子上竟摆放着一只漂亮的长颈玻璃瓶，瓶子里插着一朵鲜艳欲滴的玫瑰花，看样子应该是刚换上去的。

赵书记简单地询问并登记后，孙建伟说话了，他说，你们不要紧张也不要误会，我们今天来就是了解一些情况。于是，孙建伟说出了自己的疑问，这时，刚才还算健谈的一对男女忽然就沉默了，他们互相对看片刻，男的清清嗓子说："来这里的八对男女七对是夫妻，一对是未婚，我们都是老乡和同学关系，大家多不在一起上班，平常都住宿舍或办公室，夫妻间没个相聚的场所，于是我们就租了这个地下室。"男的接着说："我说的都是真的，你看我们墙上还贴着使用房间的时间表。"孙建伟看到了一张手写的表格，上面有他们的姓名，应该使用房间的日期，有的备注里还写着留言，什么这月的房租在枕头下，房顶渗水请物业来修修等等。

出门的时候，孙建伟又陷进黑暗，眼睛的不适让他的脚下深深浅浅。这时的孙建伟忽然想起什么似的说，地下室怎么没灯？一旁的物业经理说有的，是只长明灯，因地下室长久没人住就关了总闸。孙建伟说，以后还是打开吧。

以后的日子，孙建伟只要来这个小区，总会朝

一盏灯的温暖

那个地下室注视片刻，每当从地下室那个唯一的小窗户里看到泛出的橘色的光，他的身体里也会泛出阵阵暖意。

不久后的一天，赵书记来找孙建伟，他不觉又提起地下室的事情。赵书记说，嗨，人家早走了，在我们登记后的第二天就搬家了。是吗？孙建伟有些惊讶。赵书记似乎看透了他的心事，就向他挤眉弄眼道，这事儿要的就是隐蔽，整个小区的人都知道咋回事了，人家哪还好意思再来呀。

"哎呀！"

孙建伟突然拍了一下脑门低叫一声，片刻，他又陷入深深沉思。这一刻，他蓦然觉得，要想真正去关心群众，一盏灯的温暖怕是远远不够的。

你是谁

她看看镜框，又看看眼前的这个男人，又回头看看镜框。渐渐，老人的目光柔和起来了。

当一家人出现在门口的时候，老人正端坐在椅子上往窗外看。调皮的孙女蹑手蹑脚地来到老人身后。

"奶奶——"

出人意料，老人没有任何反应，依然静静地看着窗外。女孩好奇地顺着老人的目光朝外看。窗外，除了天空，一无所有。

"奶奶。"

孙女又叫，同时拿自己的小手在老人眼前晃动。老人这才动了动眼珠，回过神来。"你们是？"老人看着眼前的这两大一小疑惑着问。

"妈，你怎么了吗？"儿子忙绕到老人身前蹲下来，他说："我是你儿子呀，你怎么了？"

"儿子？"老人的嘴里嘟囔一句，于是想起什么似的说，"别逗了，我儿子都失踪多少年了，你这是从何说起呀，再说了，我难道还不认识自己的儿子？"

"妈，妈。"

"奶奶，奶奶。"

眼前的女人和女孩有些焦急地喊。

"你们大概认错人了吧，敬老院里常有这样的事儿，你们还是去别的房间找找吧，我这正看云彩呢。"

这个自称儿子的人再也坐不住了，他飞快地冲出房间。不一会儿，一个穿白大褂的人跟他一起进来。那人边走边说："她这种情况有一段时间了，记得半年前我们电话里聊过，你当时说忙……"

"阿婆，知道我是谁吗？"

"知道，你是王医生。"

"呵呵，阿婆，我给您说哈，这是您儿子，这个是您媳妇，这个是您孙女。"医生介绍客人似的介绍了一遍。

一盏灯的温暖

老人笑了，她说："小王，原来你也会开玩笑呀。"老人说完，不再理他们，而是专心致志地看着窗外。

"小脑萎缩的老人都这样，而且可能还会越来越严重，这方面你们要有心理准备。"医生说。

"难道没有别的办法？"

"也许你们常来，多给老人交流交流，聊聊她为你们做过的一些印象深刻的事儿，说不定对唤回她的记忆有些帮助。"医生说。

"妈，您还记得您额头上这个疤么？"男人举起手抚摸老人额上的疤痕，"那一年下大雪，那雪齐腰深，您背着我去看病，结果滑倒了，正巧撞在了电线杆上，您这伤疤就是那时候留下的。"

老人摇头。

"妈，您还记得我怀婷婷那年吗？您大冬天趴在冰面上给我捉鱼，结果鱼捉到了，自己却冻得站不起来了，喏，您这风湿就是那时候得的。"

老人摇头。

"奶奶，您还记得我生日么，您每年都给我煮鸡蛋的，每年都煮，有一次，您把鸡蛋送到学校，结果自己差一点被卡车撞了……"

老人依然摇头。

一家人轮番上阵说得口干舌燥，却丝毫没有唤醒老人的记忆，他们有些绝望地看着医生。医生说，要不你们说说，你们为她做过的一些令她印象深刻的事儿。

男人一家面面相觑。良久，什么也没有想出来。

有了，男人忽然有了主意，他让妻女待在这里，自己开车走了。一个多小时后，他取来了一张小时候的全家福照片。

他俯在一片茫然的老人跟前，手指着镜框里的黑白三口之家说，妈，喏，这是您，这是我父亲，这个小家伙就是我，您仔细看看。

这一次，老人的眼睛不像先前那般冷淡了，见她缓缓伸出手去，把镜框放在膝上。仔细端详。她看看镜框，又看看眼前的这个男人，她看看眼前的这个男人，又回头看看镜框。渐渐，老人的目光柔和起来了。

在场的人发现老人的眼眶里开始有泪水积聚，嘴角不停地抽动，突然，老人的情绪失控了，她哇一声将眼前的男人搂在怀里，孩子般地哭起来，她边哭边用拳头无力地捶打男人的后背，她说："死鬼呀，我对不起你呀，我把咱们的孩子给弄丢了呀……"

找个人谈谈

当我万念俱灰地躺在病床上的时候，我想了很多，想我一生走过的路，想我一生遇到的人，我突然有了一个很强烈的欲望。

一盏灯的温暖

他是个濒临死亡的人，此刻，他就坐在我的对面。

他明显地瘦了，尽管苍白的脸颊上泛着淡淡的红晕，谁都知道那是癌细胞的恩赐。在这之前的一分钟，他向我快走几步，主动把手伸向我，像热情地会见一个外宾。他的笑容十分真挚，一刹那，他让我想起我们第一次握手时的情景，那时，我刚调来给他做副手。

他的手温暖却无力。他说："哎呀小张，欢迎你呀。"这口吻就是我们第一次见面时的，我有点诧异，我以为他会喊我的职务。大概从我表情里看到了某种异样，抑或是某种担忧，他宽厚地笑了，像个慈祥的长者。他说："别担心哈，我这种病不传染。"我笑了，心里泛出了温暖，两只手紧紧地握到了一起，就像十多年前一样。

他说："哎呀，小张，请允许我这样叫你。"我答应了一声："哎。"身体坐在沙发的一角，上身前倾，像初见他时那样聆听他的恳谈。

他说："你能来，我真高兴，我一直犹豫你会不会来，所以，你成了我最后一个要见的人，"他把最后这两个字说得有些轻松，甚至表情还有些调皮，完全不像一个即将离世的人。"但你来了，我十万分高兴，真的。"

其实在来不来上，我心里激烈地挣扎过，后来，一想到他就要死了，我也释然了，之前的那些恩恩怨怨铸成的坚冰，顷刻间在我的心底融化了，何必去跟一个将死的人计较呢。

说句心里话，排除我们两个人所谓的恩怨，他还真是个不错的人，他的业务能力那是没得说，而且在我刚进单位时也没少指点我。眼看他是将要做爷爷的人了，却查出了不治之症。用医生的经验之谈说，他多则三个月，少则几个星期。唉，人生难测啊！这么想着，我的眼睛险些流下眼泪。

我们都以为，他患了不治之症后一定会精神萎靡，哭哭啼啼。可是每个来探望过他的人都很诧异，都说他瘦了，但精神很好，也很乐观。

他说："你能来，我真高兴，我一直犹豫你会不会来，所以，你来了我真高兴。"他把刚才的话又重复了一遍，像是要为接下来的谈话打腹稿。

他说："我们共事有十五年了吧？"

我说："十五年零七个月。"我为我的记忆力吃惊，同时也感到不安，像是我做足了功课才来找他谈话的。

"那时你给我的印象很深，年轻有为，出自寒门，有一颗出人头地的心，和我当年很像，这也是当初我一直欣赏你并愿意把我的经验毫不保留地传授给你的原因，至于后来嘛，哈哈，"他笑了，笑得很爽朗，像是看透了一切，"唉，官场就是这个鸟样子，是一个不能有真心朋友的地方，至于我们后来关系决裂，似乎有很多的原因，其实想想也真没有什么原因，你说怪不怪，连个真正的原因都没有，两人却斗得不亦乐乎，可悲呀！如果生命还有如果，我一定要和你像当初那样做朋友，当然喽，也可能不一定的，人嘛就是这个鸟样，哈哈，"

一盏灯的温暖

他又笑，这次眼角有些泛红，"小张，今天请你来请相信我的真诚，不是有句古话'人之将死其言也善'吗？我是真的看透了，也许太晚了，如果真有机会，我真的愿意敞开心扉和每个人做朋友，不是吗？人生苦短，何必呢？所以呀，不管之前咱们有什么，希望我们和解吧，如果我之前做过的什么伤害过你，请你原谅。"

我承认，我被感动了，尤其在他深深向我鞠躬的时候。我没想到面对生死他竟如此豁达和透彻，可惜呀，一切都来不及了。临走时，我们热烈地拥抱了，我让他配合医生的治疗，我们期待他健康地回到单位。我知道我的这句话有些虚伪，却是我的真心话，这一刻，我真的希望他健康。

此后的时间，单位里几乎所有的人都在等待，等待他的死亡，说起来有些残酷，可是大家的心情确实如此。而我也早已为他写好了悼词，这是他的"临终"之托，他说，我死了，就请你给我撰写并致悼词吧！

一个月过去了，三个月过去了，半年过去了，他仍健康地活着。连医生都感到意外，说是个奇迹，而更神奇的还在后边，一年后，他的癌细胞神奇地消失了。

单位的人都感到不可思议，而我却感到了前所未有的压力，因为之前，我已经在主持工作，他一回来我必须把权力交出去，我们的关系又会是怎样呢？我在郁郁寡欢中等待他的到来。

终于，他回来了，他说阎王爷不收我呀，他的笑声依然爽朗，可在我看来，多么的虚伪。他说，我主持工作这段时间单位有声有色。他说，他已经给上级打过报告，决定退居二线。他还说，这场病让他看透了许多。但，他的话我不敢也不能相信。

一年后他退居二线的消息毫无进展，他工作的劲头与之前有增无减。他对我的态度依然很好，我却怎么也轻松不起来。

半年后，我由于身体不适住进院，一个星期后传来了晴天霹雳，医生说我患了癌症。晚期。

当我万念俱灰地躺在病床上的时候，我想了很多，想我一生走过的路，想我一生遇到的人，我突然有了一个很强烈的欲望，那就是——找个人谈谈。

躲　年

儿子知道父亲话里有话，他抿了一口酒说，我这是孝敬您。老胡对这样的回答很不满意，他说，以后家里来人，别再给人家吃面条了，丢人。

快过年了，老胡决定去城里躲躲，可想起自己有家不能待，不觉心头五味杂陈，但更多的是埋怨，埋怨胡文华不会做人。

二十年前，老胡的儿子胡文华和同村的郭道明，一同考进省公安高等专科学校，又都以优异的成绩留在省城。后来，胡文华凭着过硬的专业技能成了刑侦支队的支队长，郭道明则以扎实的文字功底和八面玲珑的处世本领给厅领导当了秘书。

在中国的老百姓心中，公安局是个最大的衙门。所以，他们的亲朋好友、左邻右舍，乃至当地的官员遇到个难事儿或"诉求"，总喜欢进省城"活动活动"。可是随着时间的推移，人们进城的目标有了变化，准确地说都奔郭道明而去，因为他们知道，郭道明会办事儿、能办事儿、能办成事儿。

从省城回来的人都对郭道明赞不绝口，说什么人还没到，警车已到车站接了，送到宾馆好吃好喝不说，回来还给你带上好烟好酒。至于胡文华，大家多是过其家门而不入。这样讲并不是说胡文华对家乡人不热情，他同样也是一大早去接，不过他骑的是自行车，用他的话说，家离车站近，也就十几分钟的车程。胡文华把人接到家里，亲自下厨，几个热菜几瓶酒，最后是一碗热气腾腾的手擀面。

席间，来的人开始表达自己的诉求，能办的，胡文华当场应承，不能办的他断然拒绝。准确地说，能办的少，不能办的多，你想呀，要是好办的事儿，谁还大老远的跑省城呢？比如说李家的孩子犯了强奸幼女罪，想让他"活动"成一般的强奸罪；比如说张家的孩子"平足"，想让他"活动活动"送去当兵，再比如家乡的官员是个副职，想让他"活动活动"变成正职，等等，这些他一概拒绝，毫无余地。

如此一来，他们在家乡人心目中的地位有了高低，他们说："进省城找道明，好吃好喝事办成；进省城找文华，面条一碗送回家。"

这些讥讽传到了老胡的耳朵里，他感到无地自容。但最难堪的还是过节日，现在只要逢年过节，郭道明家的门前车水马龙，不仅左邻右舍来"表达心意"，就连乡里、县里的头头脑脑也来，他们每次都是大包小包的往郭家的院子里搬。而胡文华家的大门口从来都是门可罗雀，冷冷清清。

面对如此，老胡唯一的办法就是躲，逢这些日子能躲多远就躲多远，眼不见心不烦。可有些东西终究是躲不过的，比如郭家人的趾高气扬，比如村人对郭家的阿谀逢迎。这一幕幕和村人对自家的轻视交织在一起，令老胡郁郁寡欢，你说说人家的是个儿，自家的也是个儿，这做人的差距咋就这么大呢？

这不，年关又近了，老胡决定进城里躲躲，再就是，他决定跟儿子"好好唠唠"。老子进城，儿子、媳妇前后忙碌，他们叮叮当当半天，一大桌丰盛的菜肴上来了，儿子还给他开了一瓶好酒。老胡端着香气四溢的酒杯，脸却是冷的。老胡说，你这些给我吃有啥用？儿子知道父亲话里有话，他抿了一口酒说，我这是孝敬您。老胡对这样的回答很不满意，他说，以后家里来人，别再给人家吃面条了，丢人！

儿子猛地喝了满满的一杯酒说，面条咋啦，我就是

一盏灯的温暖

喜欢吃面条，人家请我吃饭，我只点面条，过两天我回请人家还是面条，不怕您笑话，现在单位的人背后都叫我"面条胡"。儿子的话说得有些硬，急得媳妇直踩丈夫的脚。良久，儿子才又叹口气说，爹，我知道您过得憋屈，其实儿子也和您一样，但请相信儿子，有面条吃的日子才是最踏实的！

老父亲似乎明白了儿子的话，似乎又不明白，他闷闷地喝酒，酒是好酒，却吃不出个滋味儿。

老胡是黄昏时回到的村子。走进村子，他发现街上站满了人，他正想躲进一条小胡同，却被人发现，他们呼啦一下子把他围得水泄不通，个个争先恐后地问他到底咋回事，老胡丈二的和尚摸不着头脑，问他们啥是咋回事，他们说你刚从省城回来，难道郭道明被查的事儿你不知道？

啥！老胡此时的表情只能用吃惊来形容，就在此刻，他的手机突然响了一下，是短信的声音，他打开一看，上面只有八个字：

"一碗面条，两袖清风！"

穿尿不湿的鸡

现在天天开着排气扇，臭味还是到处乱窜。为了孩子他们夫妻也就忍了，可是钟点工不干了，要辞工，她说这算什么事儿呢，我又不是淘粪工。

如果不是当了爸爸，刘前进决不会在自家的房子里养一只鸡。

刘前进养鸡的原因很简单，那就是该给儿子添加辅食了，而中国的食品又偏偏让他不放心。就拿鸡蛋来说，市场上到处是"散养鸡"下的"土鸡蛋"，刘前进是农村长大的孩子，他知道现在的农民都不怎么养鸡了，那么那些所谓的"土鸡蛋"又是从哪里来的呢？这很值得怀疑。

所以，在孩子还没出生时，他就叮嘱父母多养几只鸡。鸡是养了，可考虑到鸡蛋的新鲜度和如何及时地把鸡蛋从千里之外的农村弄到城市等问题，利弊权衡，他决定把两只母鸡带进城。

把鸡带进城来养不像说说那么简单，现在城里不准养鸡，那么把鸡养在哪里呢？"为了孩子，每个父亲都是勇敢的！"为了孩子他可是想尽了办法，最后，他决定把鸡养在屋里，反正他住的三室一厅，有地方，为此，他把一个靠阳的房间进行了改造：为鸡下蛋后的叫声不惊动邻里，他加装了双层玻璃；为解决鸡粪的味道，他安装了排风扇。

一切妥当，他专门驱车把两只最勤劳的鸡从老家带回城市，然后就期望着它们下一只只白花花的蛋。可是两只鸡并不急着下蛋，而是先下了一堆堆的鸡屎。哎哟，我嘞个天，这下子刘前进的老婆受不了了，她不像刘前进在农村生活过，什么奇怪的味道都体验过，她是城里

一盏灯的温暖

长大的人，看到母鸡们拉得一塌糊涂，只想呕吐。可是，一切为了孩子，在这个前提下，这位"大小姐"也只能选择忍耐，大不了排风扇天天开。

但让她恼火的是，两只鸡整天吃得饱饱的、喝得足足的，就是不肯下蛋。刘前进说，甭急，它们在乡下每天都下，不可能突然刹车的，估计是环境不熟，过个几天就好了，再说了，鸡蛋在它们的肚皮里不让它们出来也难呢。

于是他们就等，可是一连几天过去了，还是没见鸡蛋的影子，两只鸡倒像在进行排泄比赛，一个比一个排泄得多，刘前进的老婆心里直犯嘀咕，该不会鸡蛋都变成鸡屎了吧？

屋里的味道越来越浓了，现在天天开着排气扇，臭味还是到处乱窜。为了孩子他们夫妻也就忍了，可是钟点工不干了，要辞工，她说这算什么事儿呢，我又不是淘粪工。于是，他们夫妻又是加工资又是哀求，总算稳住了她。

这是个星期五，也就是母鸡进城的第 7 天，正在上班的刘前进突然接到老婆的电话，她声音紧张地说："你快回来吧，家里出事啦。"刘前进的脑袋里嗡的一声响，不知道家里出了什么事儿。老婆又说："两只鸡疯了，它们在房间里上蹿下跳，还扑扑棱棱的飞起来撞墙壁。"

刘前进一听，吓了一跳，他倒不是担心两只鸡，他担心的是如果两只鸡得了什么病，会不会影响到孩子的健康。

刘前进不敢怠慢，启动车子往家里飞奔。车到楼下，老婆迎上来压低声音说："都死啦。"

"怎么回事啊？"刘前进一边上楼一边问。

"我也不知道呀，阿姨进去打扫卫生时还好好的，谁知道刚关上门，两只鸡就疯起来了，越疯越厉害呢。"

推开房门，房间里是一片"狂风暴雨"后的狼藉。突然，刘前进愣住了，他有点不相信自己的眼睛似的问老婆："这，这是什么？"老婆捏住鼻子探进头来顺着丈夫的手指一看，不禁露出得意之色，她嗡嗡地说："尿不湿呀，我让阿姨给它们穿上的，穿上尿不湿不就没味道了吗？"

呵，此刻的刘前进是哭笑不得，他这下知道两只鸡发疯的原因了。他说："你知道吗，两只鸡被你吓死了。"

"啊，这怎么可能，我就是想让房间清洁一些，怎么能把鸡给吓死呢？"老婆觉得不可思议。

可是，这个城里的媳妇哪里知道，在乡下有些老母鸡"瘸窝"（发情期的鸡，只占窝不下蛋），人们就把它从鸡窝里抱出来，在它的翅膀上或尾巴上绑个什么东西，母鸡觉得身后有个什么东西一直跟着自己，却怎么也摆脱不掉，感到恐惧，开始疯跑，它跑那东西自然跟它一起跑，于是愈加恐惧，直到跑得筋疲力尽，这一番折腾母鸡就再也不敢去"瘸窝"了。而这两只鸡，同时在屋里惊恐地乱窜，叠加了恐惧感，以至于筋疲力竭暴毙而亡。

听完刘前进的解释，老婆半信半疑。当刘前进准备把两只鸡装进垃圾袋处理掉时，他忽然发现大量的金黄色的蛋汁携裹着雪白的碎蛋壳从尿不湿里涌出来。

这一刻，刘前进的眼睛里突然涌出了泪水。

七号楼来了新邻居

新邻居依然像以前那样跟大家打招呼，大家也似以前那样回她。尤其老宋，笑容似乎比以前还要灿烂些，但这笑容变得比以前短暂了，几乎是稍纵即逝。

自从302的租客搬走后，楼道里就经常进进出出些房屋中介，可以预见到不久的一天，7号楼的11户人家将迎来新邻居。用301老宋的话说，买房其实就是买邻居，万一摊上个"不讲细节"的邻居，你就跟着遭罪吧。

老宋说的"不讲细节"是个隐语，有所指的，他指的就是6号楼的101。101家有四口人，一对夫妻加两个孩子，他们的房子是租的，本来也都有名有姓，但在老宋嘴里被统称为"卖熟菜的"。

是的，他们夫妻在不远的菜市场里经营着熟菜铺，卖些猪头猪脸猪耳朵，也兼卖些调好的素菜。他们的铺面不大，但生意很好，据说在某个地方还有个分店。夫妻俩终日早出晚归，即使双休日也难得见他们一面，唯一能够证明他们曾回来过的，是堆在院子里的各式各样的跟做熟菜相关的工具和材料，这些东西乱七八糟地堆在院子里，今天少一些，明天多一些，似乎一直有人在料理它们。

他们的孩子一个五六岁，一个三四岁，没人照看，经常是姐姐带着弟弟在小区里跑来跑去，姐姐喊着弟弟，弟弟叫着姐姐，或一前一后，或并肩而行。

每当老宋看到这个情景，总忍不住地感慨："你看，这家人为了挣钱孩子都不管了，这小区的车子进进出出的多危险呀！你再看看那堆得一院子的东西，哎哟哎，谁要是遇到这样'不讲细节'的邻居，可要倒八辈子的血霉喽！"是的，101的院子里的确常散发出乱七八糟的味道，他们还遭邻居投诉过。

总的来讲，人们见女人的机会多一些，因为她每天要送孩子去幼儿园。与邻里见面时，她总是微笑着跟大家打招呼，小区的人都知道这个女人辛苦，他们说，如果没这两个孩子作参照，说她五十岁都有人信。在老宋看来，这女人实际年龄与相貌的不相符，恰恰是她艰辛生活的无言诉说。所以，女人每次跟老宋打招呼，老宋都礼貌性地回复，只见他微笑着颔首，一脸的悲天悯人。

一个月后的一天，老宋正看着外孙弹钢琴，听得门铃响，他透过猫眼一望，是"卖熟菜的"，准确地说是"卖熟菜的"一家。老宋犹豫了一下还是开了门，他将身子

一盏灯的温暖

堵在门口，问他们有什么事，他们先把带来的一大篮水果放在老宋脚下，说明了来意。原来他们就是老宋未来的新邻居。老宋一听，脑壳嗡的一声响。他们还说过两天就装修了，可能会给邻里带来些噪音，他们特来打个招呼。老宋一听，脑袋又是嗡的一声响，他说，这房子，你，你们买下啦？男的说，是啊，我们在川沙还有一套呢，就是太小，住不下，这不，孩子都大了，该上学了，没个稳定的住处不行。老宋一听，脑袋又是嗡的一声响，敢情人家别处还有房产呢，这可是老宋万万也没有想到的，谁不知道这城市寸土寸金呢，他自己的房子还是全家人勒紧了裤腰贷款买的呢。

老宋手扶着门框一时不知道该说什么好，本想把人家让进屋，可人家说还要到楼上打个招呼，想把果篮还给人家，可小外孙已把一个火龙果攥在手里。那一晚，老宋吃了很少的饭，似乎有什么心事儿。

第二天，"卖熟食的"在小区里买房子的消息不胫而走。邻居们有的摇头不信，有的面露惊讶。老宋说："卖个熟菜能挣那么多钱？指不定做过多少昧良心的买卖呢！"众人无语。

显然，让人惊讶的事情还在后边，先是为了让孩子更好地读书，他们转让了熟食店，女的当了全职妈妈，男的去浦西开了饭店。不久，人们发现小区里停了一辆崭新的"路虎"，一打听，是302的男人买的，人们这下可是吃惊非小，这车再怎么便宜也得好几十万呐。又过了段时间，女人也买了一辆车，虽是家庭用车，也得个十几万。

就这样，7 号楼就有了新邻居，新邻居依然像以前那样跟大家打招呼，大家也似以前那样回她。尤其老宋，笑容似乎比以前还要灿烂些，但这笑容变得比以前短暂了，几乎是稍纵即逝。

他是领导的儿子

他的最后一句话，是自言自语说给自己听的，但我们都听到了。看我们有些惊讶地望着他，他笑笑说，一帮刁民，不足挂齿，来，咱们继续吧。

刚进报社的那一年，主编安排我去采访一家机关幼儿园举办的文艺晚会。这个幼儿园的园长姓王，待人很热情，他把我安排在领导席与他同坐。

这次晚会给我印象最深的是一个小胖子，小胖子整个人像充了气的小木偶，动作迟缓而机械。我对园长说，不该让这个孩子领舞，你看所有的孩子都比他跳得好，其实完全可以把他放在最后一排。园长先朝我点点头，然后侧过身来小声地对我说："他是领导的儿子！"

我第二次见到这个小胖子是 7 年后一天，那一天我接到王校长的电话，王校长就是之前的那位王园长，那

一盏灯的温暖

次晚会结束后不久，他就到这所中学当校长了，也就是那次之后，我们的关系开始莫名的亲密起来，或者说从那次之后，每当逢年过节他总会到我家来走走，仿佛对我有报答不完的恩情。

王校长说他们学校要搞个成人礼的仪式，据他说，他们这个活动在全国首创，对我来说也是个很好的新闻"由头"，王校长还说成人礼曾被"挂钩"封建主义和迷信落后，一度被摒弃，而事实上，成人礼对每个社会人来说都具有重要意义。他还说如今在日本和韩国，成人礼的习俗仍然存在，这些都是从我国传出去的，我们怎能够把自己的传统淡漠呢？

尽管对校长说的未必同意，但我还是亲自去了。俗话说吃人家的嘴软，在王校长一次次的往我家跑的时候，我已经没有拒绝的勇气了。同时，我对王校长的业务能力还是佩服的，自从他当了校长，仅仅四五年时间，学校的各项排名已在全市前列。

成人礼的仪式搞得很隆重，看着那么多孩子穿着汉服，整齐划一地行礼，朗诵经典，我的内心也是小激动了一把，唯一不足的是那个代表近千名学生发言的胖学生，他有些口吃，看着发言稿还读错了好几个字。

结束后，校长问我怎么样，我说很好，不过，唯一不足的是那个学生代表逊了点。校长点头，然后压低声音对我说："他是领导的儿子！你见过的，七年前在幼儿园领舞的就是他。"当校长说出这句话时，我表示理解，并且像七年前那样让小胖子上了我们报纸的头条。

　　第三次见到这个"小胖子"时，他已是某个企业的领导了，市里特别让我们给他做个专访，说他是年轻企业家的代表，是新时期锐意进取的典型。那时的他不似以前胖了，但基本轮廓没变，所以我一下子就认出了他。他现在讲话特别流利，行事很有魄力。还记得在我们采访的时候，秘书进来了，似乎有重要的事要向他私下汇报，他说没关系，这里没外人，你说吧，秘书这才说出了内容。原来是他们厂有几十个职工，因为对下岗不满要到省城上访。他说，让他们去，企业不是养爷店，作为企业一把手，更不会相信那几点眼泪，否则我们的改革如何进行，我们的事业如何发展。可，可是他们说要进京上访，秘书压低声音说。哼，让他们去好了，我让他们怎么去就怎么回来，不自量力！他的最后一句话，是自言自语说给自己听的，但我们都听到了。看我们有些惊讶地望着他，他笑笑说，一帮刁民，不足挂齿，来，咱们继续吧！

　　我最后一次见他是去年的冬天，他在被告席上为自己辩护，那时候他已经从企业领导走上政府领导岗位好多年了，这时的他已成为瘦子，四十多岁的年纪，衰老得像六十岁。他的罪名很多，也都相当严重。轮到他最后陈述时，他哭了，声泪俱下，他说自己如何之后悔，如何对不起党和人民的培养，祈求政府给他一次机会云云。一审结束，他被当庭宣判：死刑，缓期两年执行。

一盏灯的温暖

出人意料的是，他在被带走的一刹那，突然挣脱了法警的束缚，猛地转过身来，朝旁听席双膝跪倒，他高喊："爸，妈，孩儿不孝，孩儿来生再报答你们的恩情。"旁听席上同时也传出哭声，只见一个白发苍苍的老人，拼命地扯住另一个白发苍苍的老人。

这时，身旁一个素不相识的陌生人悄悄地对我说："这是他的父母，曾经也是领导呢！"

抢 盐

她不知道这到底是咋回事，怎么大家都比她知道得早？为什么这么多人去抢盐却没人告诉她，这不是大家商量好的欺负自己吗！王月荣越想越委屈，越委屈眼泪越多。

一大早，王月荣就接到儿子的电话，儿子在电话里的声音很急促，他说，妈，你放下电话赶紧去买盐，买得越多越好。

王月荣有些意外，她问买盐干啥？儿子说，您就别问了，现在我这里所有的人都在抢购，这附近的超市已经买不到盐了，我等会要去更远的郊区碰碰运气。

王月荣还是没明白儿子的意思，她问没事儿买那么多盐干什么，又不能当饭吃，当汤喝。儿子在电话那头就不耐烦了，他说，您先别问那么多赶紧去买吧，我晚上再给您解释，再说了就是现在给您解释，您也一时半会儿听不懂，儿子还说，别告诉其他人，知道的人多了，反而自己买不到了。

儿子挂掉电话，王月荣心怀忐忑，她不知道到底发生了什么事，城里人怎么突然抢起盐来了。可是王月荣转念一想，城里人学问大，懂得的东西多，要抢购什么东西总是有道理。再说了，儿子是不会骗自己的。想到这儿，她把自己简单地收拾了一下，带足了钱和手提袋就匆忙出了门。

出了门的王月荣没有直接踏上去镇上的小路，而是犹豫了片刻，返身往村后走去，她要把这个好消息告诉白文举。她和白文举家处得不错，尤其白文举会说话，见了面儿总是先夸一阵王月荣的儿子有本事，说什么同是大学毕业生，有的人回家务农或外出打工了，可是她的儿子不但落户到城里，而且还在城里买了房子。这话王月荣爱听，儿子的确是她的骄傲。

所以，她愿意把这个好消息给白文举分享，说不定白文举又会对她的儿子一阵猛夸呢。此时的王月荣走得很急，脚步却努力迈得很轻，整个人就显得鬼鬼祟祟。

去白文举家要经过李秀英的门口，走到李秀英门口，她的脚步更轻了，像过地雷阵那样小心翼翼，这件事儿她不想让李秀英知道，她烦她。这主要是因为李秀英嘴巴大，啥事都往外说，她的一张嘴就像个广播站，一天到晚地发信号，无非是张家长李家短什么的。最让王月荣反感的是她竟给人说，自己的儿子留在城里不是自己的本事，是找个城里媳妇的缘故，还说什么"倒插的杨柳不是柳，倒插门的女婿不是人"的怪论。就凭这点她也不会让这样的好消息给她分享。让她后悔去吧，想到这儿，她嘿嘿地笑起来。

让她颇感心安的是，此时的村子很安静，除了鸡鸭鹅在街上溜走，并没有看到村里的人。否则，真要是遇见了，自己是说，还是不说呢，说吧，人家买到了，恐怕自己就买不到了，不说吧，这都是低头不见抬头见的邻居，也怪不好意思的。

"他文举叔、他文举叔。"来到白文举门口，王月荣压着嗓子喊，屋里没人应承。老东西睡得真死相，算了，我还是多买些吧，回头给他几包，省得把李秀英给喊醒了。

等上了去镇上的官路，人流就多起来，看到自行车、电瓶车、摩托车一辆辆从身旁鱼贯而过，王月荣心里就紧张，他们该不会都是去抢盐的吧！想到这儿，她真后悔当初为什么不学骑自行车，这要是盐都被别人都买光了，自己咋办呢。可是她仔细一想，他们应该还不知道消息呢，想想看儿子才打来电话，离乡下这么远不可能那么快传到。这样想着心里平静片刻，可是看到人流越汇越多，心里又不踏实起来，好在她离镇上是越来越近了。

可是，就在王月荣挥汗如雨疾步如飞往镇上赶的时候，她却看到不少人开始从镇上返回，按道理说这集市刚开始，人们不该这么早回来。正疑惑着，王月荣看到白文举和其他的村人各背着个尼龙袋一路眉飞色舞聊着笑着回来了。她还看见李秀英也在其中，她一路走还不忘用自己的蓝格格手巾抹汗。

等他们看到王月荣，先是愣了一下，然后说，你咋才来呀，街上的盐早就被抢光了，王月荣一听脚步就有些趔趄，她想说些什么，不知道从何说起，可是、可是，她什么话也没有说出来，就哇一声捂住脸蹲在地上哭起来了。众人赶忙上前劝说，而王月荣像撒泼的孩子，丝毫没有停止的意思。众人无奈，只能悻悻地走了。

王月荣就是这样从镇上哭回来的，她不知道这到底是咋回事，怎么大家都比她知道得早？为什么这么多人去抢盐却没人告诉她，这不是大家商量好的欺负自己吗。王月荣越想越委屈，越委屈眼泪越多。

当她有气无力地回到家门口，立刻停住了哭泣，她看到自己的门前铺着一条蓝格格手巾，手巾上整齐地堆放着一袋袋食盐，足有 15 包之多。

就在这时，她口袋里的手机响了，是儿子打来的，儿子的声音跟先前一样急促，他说，妈，盐买了吗？要是没买就别买了，刚才网上和电视上说了是谣传。王月荣一听立刻又哭起来了，电话那头儿子一直在喊："妈，你怎么了，你怎么了？"此时，王月荣哭得声音更响了。

第二辑　别走，我怕

你在生活中害怕过吗？怕人？还是怕己？其实这些回答根本不重要，重要的是，我们已经什么都不怕了，我们已经变得无所畏惧，什么法律、道德、良知、文明……但是在某个夜晚，你还会感到忐忑不安，因为你发现这太可怕了。

太岁头上动土

"小局长"就毫不客气地上前给了他一拳，那孩子一个趔趄，很快，也毫不客气地还了一拳，这一拳非同小可，只见"小局长"扑通一声坐在了地上，顺势一卧，就哇哇地哭起来了。

小张和局长住一个小区的同一栋楼，不同的是局长住顶层复式，面积 200 平，小张住地下室，面积 5 平还不足。小张是这栋楼的清洁工，他工作时能偶尔遇到上下班的局长。局长很和蔼，总是先跟他招呼，局长说，你好，他赶紧说，您好，多半是他的话刚出口，局长已跨进电梯。

小张最近有了心事，有的人有了心事喜欢沉默，有的则喜欢跟人倾诉。小张属于后者，他不止一次地给同事说起自己的心事，他说，他真希望自己的儿子能来城里的幼儿园读书，可是他问了好几家，都说招满了，看着人家的孩子欢欢喜喜地去报名，然后蹦蹦跳跳地背着个花花绿绿的书包回来，他心里就难受。

同事们都是平常人，爱莫能助，只能表示同情。这一日，小张又跟同事诉说心事，有个同事笑着说，你不是跟局长住一栋楼吗，也算邻居了，找他试试呀，说不定就成了呢。说者无心，听者有意，小张还真把局长当救命草了。

此后，小张在局长门口打扫卫生的时间长了，更认真了，尤其是上下班时间，他期待能跟局长来个"偶遇"。但他不傻，他知道局长给他主动打招呼，不过是个习惯性的礼貌而已，而骨子里的冷漠他还是能够感受得到。可是，为了孩子，每个父亲都是勇敢的，他豁出去了。

这一天，他正撅着屁股用指甲抠一处地缝里的小土块，局长家的门开了。小张慌忙起身，跟局长恭恭敬敬地问好，局长还了礼走向电梯。"局长，"他弱弱地喊了一声，声音不大，好在局长听到了。局长停下脚步回过头，和蔼地看着他，"你在跟我说话？"局长问。他

一盏灯的温暖

觉得自己的脸火辣辣的，他吭哧半天，说得词不达意，好在局长听明白了。局长说，现在入园确实难，全国都一样，我帮你问问吧，不过不一定成。小张一个劲儿地鞠躬致谢，局长下楼去，他摸了一下额头，全是汗。

大约一星期后，局长进电梯前突然想起什么似的喊住他，局长说："那个谁？"小张一听蹭地立起身来。局长说，孩子上幼儿园的事儿定了，就在隔壁，跟我孙子一个班。小张一听，感激得不知道说什么好了，就差给局长下跪了。他知道，隔壁的幼儿园专为这个高档小区配套而建，好多有钱人买这里的房子都是奔着这所幼儿园来的。他真没想到自己的孩子也能在这么好的幼儿园读书，这一切都要感谢局长，从此，他在局长门口干活更卖力了。

小区有个游乐场，局长常带孙子来这里玩耍，这孩子喜欢叉腰或背手，说话时喜欢对说话的对象指指点点，大家都背后叫他"小局长"。"小局长"喜欢发号施令，有时他会一手叉腰一手指着别的孩子说："都给我过来。"起初没人理睬他，各玩各的，"小局长"就生气了，别人用沙子堆城堡，他一屁股坐在别人的城堡上，别人玩汽车，他拎起来丢向远处，如有孩子反抗，他们的父母就赶紧过来训斥自家的孩子。日子一久，孩子们就忘记反抗，乖乖地任"小局长"指挥。

不知道哪一天，游乐场来了个皮肤黝黑的乡下孩子，这孩子起初只是远远地看别的孩子玩儿，后来，看到别的孩子的玩具车跑到远处，他会给人家捡回来，有的孩子尿了尿提不起裤子，他会上去帮忙，孩子们渐渐对他有了好感，开始围着他玩。这样一来"小局长"不开心了，又叉腰说："你们统统给我回来。"孩子们起初不太愿意，可是他们的爸爸妈妈或爷爷奶奶们就急了，说："过来呀，快点过来呀。"孩子们才不情不愿地回到"小局长"身边。可是"小局长"不罢休，抬起的手仍不肯放下，他要那个乡下孩子也过来，可那孩子根本不理他，"小局长"就毫不客气地上前给了他一拳，那孩子一个趔趄，很快，也毫不客气地还了一拳，这一拳非同小可，只见"小局长"扑通一声坐在了地上，顺势一卧，就哇哇地哭起来了。

其他人赶忙上前搀扶、抚慰，局长说，小孩子家家的不要紧。

此后，孩子们开始围着乡下孩子玩儿，"小局长"成了孤家寡人，不仅如此，那孩子看到"小局长"手叉腰，就到他跟前说，把手放下，"小局长"乖乖地把手放下，引得孩子们一阵哄笑。这孩子显然受到了鼓舞，他说，给我趴下，"小局长"又乖乖地趴下，乡下孩子抬腿就骑了上去，驾驾，赶牲畜般向"小局长"的屁股上拍两下，孩子们笑得前仰后合。胯下的"小局长"突然觉得这是件很好玩的事儿，于是更加卖力地"奔跑"起来，还时不时地朝乡下孩子来个仰天嘶叫，一脸的诏相。这下家长们全乐了，只有局长脸色阴沉。

正在这时，小张慌慌张张地跑来了，只见他拎起乡下孩子就是一阵"噼里啪啦"，孩子顿时鬼哭狼嚎起来，原来这孩子是小张家的。

这两天，小张对"小局长"受辱事件满怀愧疚，他想找个机会当面向局长道歉。就在这天的上午，他突然接到了幼儿园的电话，放下电话的他久久没有言语，然后，就像个泄了气的皮球般一下子颓坐在了床沿上。

如果……

当女人两眼肿得黄桃似的来到单位，同事们只关心地一问，一向矜持的她就趴在桌子上呜呜地哭起来了。她说，我要跟那个王八蛋离婚。

如果那天他不看电视，也许就不会发生接下来的一些事儿。

那时候，女人正在浴室里洗澡，孩子正在沙发上玩玩具，而他正无聊地一页页换着电视频道。这时，荧屏一闪，一个大约想和老婆离婚的男人问自己的儿子说："儿子，如果我和你妈离婚，你跟谁过？"

他忽然觉得这个问题很好玩，于是就问一旁的儿子说："儿子，如果我和你妈离婚，你将来跟谁过？"亲爱的读者，我想你一定想知道孩子的答案吧，其实，孩子的答案已经不重要了，重要的是他们的身后正立着一个人，一个正用浴巾搓着头发的女人。

此时，女人搓头发的手架在了那里，一动不动，但脸色铁青。

女人脸色铁青不仅仅是因为听到了男人的问话，其实她在浴室里已经琢磨了许多事儿，准确地说，是这近一个月来的一些事儿。

一个月前的一天上午，单位的冯姐两眼肿得黄桃似的进来了。同事们只关心地一问，一向矜持的冯姐就趴在桌子上呜呜地哭起来了。她说，我要跟那个王八蛋离婚！此话出口，众姐妹吃惊非小，谁不知道冯姐的婚姻一向幸福呢，今天何出此言？

接下来大家知道了，原来冯姐的老公外边有人了，昨天下班正巧被她撞个正着，她本以为丈夫会惊慌失措地求她原谅，谁知道丈夫一甩门跟那"狐狸精"出去了，一夜没回来，电话也不接。

大家愤愤不平，说，这才当领导几天呀，怎么就变心了呢？不过，大家还是宽慰冯姐，说先不要急，说不定还有挽回的余地呢。冯姐还是呜呜地哭，哭到最后咬牙切齿地做了一个总结，她说："我算是看透了，这天下的男人没一个好东西！"

就是这句话一下子瘆在了女人的心里，她不由联想起自己的婚姻，她的婚姻跟冯姐有诸多共同之处，比如都感到婚姻幸福，老公都很老实，且也都是刚刚升迁。冯姐的这件事儿让她觉得婚姻真是难以预料，谁能想到

一盏灯的温暖

冯姐的老公会找"狐狸精"呢？看来，貌似平静的婚姻河流里，说不定早就有暗流涌动了。

此后，她表面风平浪静，暗地里开始留意自己的男人。这一留意，她发现许多问题，比如，男人比以前爱打扮了，以前的男人从不照镜子，现在的男人不照会儿镜子出不了门。俗话说，女为悦己者容，男人也一样，那么自己的男人又是为了"悦"谁呢？

男人自从当了领导，早出晚归的次数多了，一问他，不是应酬就是加班。她以前不在意这些，现在一联系就不一样了，尤其在刚才的浴室里，她从男人的衬衣上找到一根长发，她抽出来跟自己的头发比较过，不是自己的。关键是她在袖口处嗅到了一股若有若无的香水味儿，这一闻不当紧，她的发梢立刻就竖起来了。看来自己的男人怕是也有问题呀！

事情就这么凑巧，就在她狐疑地从浴室来到客厅的时候，她听到了男人的问话，这一听不当紧，双手立刻就僵在那里，脸色大变。

当发现女人站在背后，尤其看到女人脸色的时候，男人才发觉刚才的假设实在过于荒唐，于是他对女人笑了笑说："看来咱儿子还是对你的感情深呀，刚才我给他开玩笑，我说就像电视上的那个问题一样，如果我们分开了，他跟谁，他说他跟妈妈，这个小混蛋，真是个喂不熟的狗，难为我对他这么好。"男人说着故作轻松地拎了拎儿子的耳朵。

可是儿子不愿意了，他拨开爸爸手抗议道："妈妈，爸爸撒谎，我刚才说的是跟爸爸。"女人转身进了卧室，砰地关了门。

"我怎么会无缘无故地问这个该死的问题呢？"男人懊悔地想。

房间里，女人正像冯姐那样呜呜地哭。男人来到女人跟前，他像个讨主人欢心的哈巴狗般用脑袋在妻子身前蹭来蹭去，接下来，他又像个饥饿的婴儿般去找寻女人坚挺的乳房。以往夫妻间的不愉快，他都用此招化解。可是这次不一样，这次的女人啪的一声在他的后脑勺上来了一巴掌。女人手重，男人被打得头晕眼花。

滚，女人说，滚你的狐狸精那里去。

男人笑了，他说这是哪儿跟哪儿呀。男人觉得女人的气还没消，又"故伎重演"起来。要搁以往女人准投降了，夫妻间能有什么大仇恨。可是此时的女人又想起另外一个问题，那就是他们平常的"夫妻生活"每星期两三次，可是近来一星期一次也没有保障了，这更加坚定了她的判断。于是女人第二次抡起了巴掌，这一次出手更重。

男人觉得一个玩笑不至于这样，于是生气地捂住火辣辣的脸说："有病呀你，不就一个玩笑么，至于吗？莫名其妙！"于是，男人抱着被子到儿子房间去了。

当女人两眼肿得黄桃似的来到单位，同事们只关心地一问，一向矜持的她就趴在桌子上呜呜地哭起来了。她说，我要跟那个王八蛋离婚！此话一出口，众姐妹吃惊非小，谁不知道她的婚姻一向幸福呢，今天何出此言？

于是女人诉说了自己的一切。大家愤愤不平，说，这才当领导几天呀，怎么就变心了呢？不过，大家还是宽慰女人，先不要急，说不定还有挽回的余地。女人还是呜呜地哭，哭到最后咬牙切齿地做了一个总结，她说："我算是看透了，这天下的男人没一个好东西！"

她的这句话正好被同事小吴听到心里，小吴本打算这个国庆节结婚的，此刻，她突然发现男人竟是如此的不靠谱，这让她觉得自己的婚事儿有必要再放一放，婚姻大事绝非儿戏，她须从长计议才好！

花　姐

她说，你们仔细想想，花姐穿的衣服跟她女儿有什么不同？众人摇头。你们真笨呀，她说，难道你们没看出来，她穿的衣服都是女儿穿过的么？

花姐不姓花，因打扮得花枝招展，多事的人就半戏谑半认真地给她起了这个名字。当然，都是在背后叫，我怀疑直到她意外去世，她也未必知道自己在人世间还有这个名字。

花姐是一年前搬来的，她给邻居的印象除了穿着与自己的年龄不相仿外，再就是忙，她终日行色匆匆早出晚归，仿佛有日理万机的事务要处理。不过大家知道她已退休，也不在什么单位兼职。至于她为何这般忙，忙什么，没人知道。若有人问起，她多是犹豫片刻，然后用礼貌性的微笑拒绝回答。

另外，花姐还有一个忙，那就是忙着就收快递，邻居们几乎每天都可以听到快递在楼下喊："302，快递。"多数时候是快递员在楼下打电话，说什么就在她楼下，问她什么时候回来云云。至于她买的是什么大家无从而知。

跟花姐同住的还有她的女儿，她女儿大家见过，模样挺好，喜欢打扮，很少穿同样的衣服出门，只是不太喜欢与大家招呼，除了上下班，其他时间极少出门。有时花姐不在家，也能见她下楼。她下楼时总目不斜视地盯着手机，去处多是街口的便利店，买的东西多是方便面或面包。她返回时依然盯着手机，仿佛手机在导航着她回家的路。

有时，她走着走着会哑然失笑，似乎看到什么妙处。常年蹲在楼下闲聊的老太太们借机跟她搭讪，问她妈妈又出去啦？整天吃方便面哪成呀？每当这时她总是笑笑，笑时眼睛未离开手机，这就弄得大家很尴尬，她们不知道她到底是在笑手机里的内容，还是算给她们打招呼。

"咦，我知道了！！！"

一天，一个向来眼尖又善于观察的老太太看到花姐的女儿从身边经过，她顿悟了一般对众人说，"我知道

一盏灯的温暖

花姐为什么穿得花枝招展了。"大家急切地问她原因。

她说，你们仔细想想，花姐穿的衣服跟她女儿有什么不同？众人摇头。你们真笨呀，她说，难道你们没看出来，她穿的衣服都是女儿穿过的么？

是吗？

是啊。

你看，前几天她女儿穿的是小 V 领的粉色上衣吧，喏，今天早上花姐身上穿的就是。你看她女儿今天穿的是紫色连衣裙，如果我没猜错，过不了几天，这衣服准会穿在花姐身上。

三天后，她的猜测被证实了，那天花姐出门时穿的正是这件紫色连衣裙。相比女儿，花姐的身体发福不少，腰间的赘肉层层叠起，像箍着一道道绳子。

哦，她每天那么多快递该不会都是女儿的网购吧？怪不得她穿得奇奇怪怪的，大概是舍不得扔吧？妈呀，这天天买，得花多少钱呀？

啧啧啧。

以后的日子里，花姐依然日理万机般进进出出。其实大家对她干什么去已经不太关心了，她们现在关心的是，她女儿的某件衣服穿过后，花姐什么时候穿。

邻居们见花姐穿着红色高跟鞋出门是半个月后的一天，那天，她的神色还是一副有大事要忙的样子，她与大家礼貌性的招呼过后，就汇入了人流。只是人们觉得她的步伐有些怪异，有经验的人都知道，那是穿不惯高跟鞋的缘故。同样，这双鞋也是她女儿一周前穿过的。

那天中午，这座城市的一角发生了一起车祸。一个老人横穿马路时被撞了。记者采访目击证人，都说，以为她能顺利穿过马路，可是到了马路中央她的脚下一个跟跄人就倒了，身体是向后仰的，正好躺在了飞驰而来的车轮下。还有目击者称，他们认识这个老人，她是替女儿相亲来的，而且这个城市的大大小小的"相亲角"都留下过她的身影，没想到今天遭此横祸。

只到第二天，有记者来小区采访，人们才知道昨天出事的那个人是花姐。

大约三天后，小区来了一辆搬场车，工人在花姐居住的楼栋内进进出出，等物品全部搬上车，她的女儿出现了。她下楼时依然低着头，眼睛集中在手机屏幕上，她没给围观的人打招呼，直接上了搬场车的副驾驶。坐在车内的她依然玩着手机，看不出脸上有什么悲或喜。直到货车离开，她仍然没有回头看大家一眼，眼睛还在那手机上，脸上依然没有什么悲或喜。

河东·河西

我去医院干什么呢，有什么意思呢，死了不是更好吗，我们全家不是正好可以团圆了吗？娘现在觉得呀，这人呀就数活着没意思了，走吧，走吧，走了也就干净了，

一盏灯的温暖

走了也就可以在那边见到你们了。

河的东岸是个小村，在村子的一家土房子里，一个孩子正在聚精会神地做作业。

这时，在厨屋里擀面条的母亲说话了，她说，贵儿，去帮娘灌点醋，娘给你擀凉面条。你听到了没有啊？当娘第三次催促的时候，他才磨磨唧唧地立起身子，出门的他没去厨屋拿醋瓶，而是一阵小跑地来到院子门口，他把头小心翼翼地伸向墙外，左右观望了片刻，这才低着头，慢慢腾腾地来到母亲跟前。

咋啦？

有人！

这孩子，有人咋啦，人家能把你吃了，看你这点出息，越读书越不中用了。母亲还想说些什么，瘫痪在床的婆婆说话了，她说，贵儿他娘，甭再说孩子了，孩子喜欢读书不好吗，我看这孩子中，将来准能当个大官，母凭子贵哩，到时候你的好日子就熬出头喽！

母亲听了婆婆的话，心里的那一点气儿顿时就消了，其实她也没生孩子的气，她就是觉得孩子的胆子太小，出个门儿都怕人，怕人的孩子会有什么出息呢？于是，母亲爱怜地看了一眼低头做作业的儿子，叮咛他眼睛离书本远一点，然后，她转身灭掉灶膛里的明火，就拎着空醋瓶去村口的代销点了。

这一天是1983年，这个孩子叫范富贵，时年七岁。

河的西岸有片荒地，荒地的中央有座孤坟，孤坟被荒草包围了，一阵风吹来，坟头时隐时现，像个捉迷藏时探头探脑的孩子。

坟前坐着一位老人，老人的头发全白了，秋风里，那头白发在老人的眼前和耳畔疯狂地扭曲、挣扎，似乎想摆脱发根的束缚，却无计可施。

老人说，贵儿，你奶奶走了，你奶奶临走前始终不肯讲一句话。我问她有啥放不下的就说吧，她不说话。但是我总觉得她有话说，我说娘有啥放不下的就说吧，她还是不说话。眼看她觉得自己是真的挺不住了，才说，贵儿啊，贵儿啊，奶奶要去看你啦，然后就咽气了。

贵儿呀，你奶奶走了，娘也没有牵挂了，过不了几天，怕是我们就可以在地下团聚了。这几天，我这里疼得越来越厉害了，邻居们都劝我去医院看看，我想，我去医院干什么呢，有什么意思呢，死了不是更好吗，我们全家不是正好可以团圆了吗？娘现在觉得呀，这人呀就数活着没意思了，走吧，走吧，走了也就干净了，走了也就可以在那边见到你们了。

贵儿呀，别嫌娘啰唆，在那边可不能再犯错了，娘还指望在那边和你团聚呢。你千万千万要记住呀，千万不能再犯错啦！

贵儿呀，娘怕是真的要走啦，娘有句话一直想跟你说，却一直没有说出口，现在我怕是要走啦，我就跟你说说吧。娘是真的后悔让你读书呀，你要不读书，那就考不上大学，考不上大学，就当不了官，当不了官也就不会犯错了。

你看咱们村里跟你一般大的孩子，每年北京上海广州的打工不也挺好的吗，至少年底都能全家团聚呀，你看，他们一过年都回来了，一家人团团圆圆，娘真是羡慕他们呀，娘真是羡慕他们呀！

贵儿啊，可得记住，来生咱不能再读书了，读书误人呀！

老人跟跟跄跄离去时，身后那片西天已被血色浸染。

这一是年2012年，如果范富贵不被执行死刑，时年正好三十七岁！

帮人养了一头猪

小猪买来了，老刘将两头猪一起散养。猪大一分，就离春节近一分，也离儿子回来的日子近一分。老刘时常望着两头猪出神。

陌生人走进院子时，老刘正出神地望着圈里的一头猪。

陌生人说，大爷，恁大年纪了还养猪啊？老刘这才回过神来，打量面前的陌生人。

陌生人自知自己的闯入有些突兀，于是又说，我是负责咱村后电网改造的，路过您门口，见您养头猪，觉得稀罕就过来看看，这年头养猪的人家可是越来越少喽！

老刘一听，脸上有了笑意，他说，为儿子养的，如果不是为了儿子，才懒得养它。

为儿子？

是啊。

老刘见陌生人没听懂，就给他解释了一番。陌生人这才知道，老刘的儿子在上海安家落户了，基本上每年春节回来一次，儿子每次回来，老两口都琢磨着给孩子带些什么走。这不，从大前年开始，老刘每年给儿子养一头猪，待儿子回来时，杀了，整头猪给儿子带回去。

老刘说，现在养头猪的实际成本跟直接到街上割猪肉差不多了，再加上脏，操心，所以农村人很少养猪了。老刘还说，他没事时就去放猪，还不能让猪碰任何沾染农药的东西，他要确保儿子吃的是一头地地道道的散养的绿色环保猪。

老刘说着说着，对着猪又出神起来，脸上还泛着笑意，仿佛他看到的不是一头猪，而是在上海工作的儿子。

陌生人就有些感动和感慨，他说，大爷啊，您真是个好父亲，好爷爷，真羡慕您的孩子啊。老刘说你客气了，哪有父母不疼孩子的呢。是啊，陌生人跟着附和。

这时，陌生人忽然想起了什么似的说，大爷，跟您商量个事呗？啥事，您说。您也帮我养头猪吧，您看啊，

一盏灯的温暖

今年底是我老丈人的八十大寿，平常呢他老说城里的猪肉不香，老怀念着散养猪的味道，我寻思我要是给他整头好吃的猪回去，老人不定多开心呢，反正您一头也是养，两头也是养，到时候我拿钱换。

老刘对陌生人的建议没表示同意，也没表示反对，他觉得这人不错，说话诚恳，知道孝敬老人，再说了，反正一头两头都是养，所以，当陌生人再次恳求时，他就答应了。

陌生人开心坏了，临走时，他要了老刘的电话号码，说年底准时来拉猪，说完，陌生人就走了。

陌生人走了，老刘就琢磨着明天再去镇上买头小猪。

小猪买来了，老刘将两头猪一起散养。猪大一分，就离春节近一分，也离儿子回来的日子近一分。老刘时常望着两头猪出神。

如今两头猪并驾齐驱，长势喜人。可是，久久没有陌生人的消息，这都几个月了，陌生人没来过一个电话。老刘这才想起，当初陌生人只要了他的号码，并没把自己的电话留下，这可如何是好？

村人知道了这事儿，都说老刘太轻信人了，跟人家一没签合同，二没交定钱，就给人家养猪，幸亏这猪中途没死，要是死了，这损失咋算？找谁算？再说了，人家连个电话都没留下，甚至连人家姓甚名谁都不知道，这事儿能靠谱？

左邻右舍你一言，我一语，说得老刘心里刺刺的不舒服。

　　老刘说，不打紧，人家不要也没关系，好多人都惦记着这头猪呢。老刘说得没错，确实有几个生意人想买他的猪，说这猪好，养猪场的猪根本跟它没法比。不过，他们都被老刘拒绝了。老刘说，帮人家养的，年底人家就来了。

　　这不，年底说来就来了，儿子一家回来的日子也定了，就是没那陌生人的消息。不过，老刘还是坚信陌生人会来，他凭什么不来呢，这么好的一头猪。

　　陌生人终于来电话了。他说，大爷，这猪您帮我养了吗？当得知老人真帮他养了，陌生人很感动，他说，他真没想到老刘这么认真，其实，自己早把这事儿给忘了，这不，年底换手机整理号码时，才想起跟老刘的约定，才想起他既没给老刘签合同，也没给老刘交定钱，甚至连自己的电话都没给老刘留下，他自己也是抱着试一试的想法才打来的电话。

　　于是他们说好，两天后陌生人来拉猪。老刘说，后天他儿子回来，要不那天两头猪一起杀吧，陌生人同意了。就从这天开始，老刘不再给两头猪喂食，一直三天，两头猪饿得前心贴后心，快连哼哼的力气都没有了。老刘知道，这样的猪肉才香。

　　陌生人来了，问老刘如何收钱，老刘说，就按市场上的生猪收购价吧，于是他们找了称，称好了，陌生人给了钱，临走时千恩万谢。

一盏灯的温暖

陌生人走了，村里人都说老刘傻，村人说，这样的猪怎么能跟养猪场的一个价钱？再说了，人家卖猪前哪有不把猪撑个半死的，你倒好，竟然把猪饿了三天。

面对别人的埋怨甚至讥讽，老刘只是笑，他抱住自己的小孙女亲个没完，他说，来，让你这个傻爷爷亲一口，来，再亲一口。此时，幸福在老刘的脸上流淌。

不知怎么的，村人都被老刘这一刻的幸福感染了，他们突然觉得，这老刘不傻，老刘可是个聪明人，至于聪明在哪里，他们一时还说不清楚。

晚　饭

没等妈妈说话，那面条已被小兰飞快地用三根手指撮起来塞进嘴里，急急咽掉。随后，她的舌头耀武扬威般地在没有一颗牙齿的嘴里晃来晃去，还得意地唱道：面条，面条，你在哪里呀。

四点半了，该准备晚饭了。

女人走进厨房，于是，里面就传出淘米、洗菜的声音。

这时，厨房门口偷偷探进一个脑袋，片刻，她见做饭的人没注意到自己，就挺挺身子，背着手走进来。

妈，今天吃什么呀？

米饭。

我要吃面条。

哦，窄的还是宽的？

宽的。

肉丝还是鸡蛋？

鸡蛋吧，肉丝老也嚼不烂。

嗯。

哎，那首诗背会了吗？

没。

去，别到处乱走了，继续背，背不会没饭吃。

嗷，她撇着嘴答应着，磨磨唧唧地回屋去了。

一会儿工夫，厨房里就传出来噗唧——噗唧——的和面声。

妈。

少顷，厨房里又伸进来一只脑袋，只见她甜甜的喊了一声，悄悄地偎依在女人身后。

回来啦？

嗯。

妈，今天吃什么呀？

面条。

啊！还是面条，又是外婆的主意吧？

嘘，女人做了个噤声的手势。

记住啊，她现在是李小兰。

啊，李—小—兰，那，那您是谁呀？

我是你妈，去，做作业去。

噢，她也撇了撇嘴，磨磨蹭蹭地回屋去了。

这时的厨房里只剩下女人低沉的哐当——哐当——的擀面杖声。

妈——您看我的书。

刚过不久，一个哭腔进来了。

怎么了？

女人回过身，只见一本《唐诗三百首》被撕得一条一条的，活像她手下刚切好的面条。

赶明儿妈再给你买一本。

女孩没动，眼里闪着泪花。

乖，去吧，妈给你煮爱吃的米饭，女人说着话打开了刚才关掉的电饭煲。

妈——

就在女人准备打鸡蛋时，身后又冒出一个哭腔来。

怎么了，女人边打鸡蛋边头也不回地问。

妈，果果不让我玩她的橡皮。

她说着话，一汪委屈的泪在眼眶里打转。

女人打鸡蛋的手停了下来，说，果果，把你的橡皮给小兰。

不嘛，我不嘛，橡皮都被她抠得一粒一粒的，我怎么用啊？

果果乖，妈妈明天给你买新的。

渐渐，厨房里叮叮当当的声音小了，住了。客厅里的饭桌上摆出来了一碗鸡蛋面和一菜一汤两碗米饭。

晚饭开始了，小兰趁果果不注意，从她碗里夹了一根青菜。

妈，您看……

小兰！女人装作很生气，她说，盘子里不有么？

妈，你看……

果果！妈妈的声音很严厉，果果伸伸舌头，把桌子上的一粒米用食指粘着送进嘴里。

妈，您看，小，小兰掉了一根面条。

没等妈妈说话，那面条已被小兰飞快地用三根手指撮起来塞进嘴里，急急咽掉。随后，她的舌头耀武扬威般地在没有一颗牙齿的嘴里晃来晃去，还得意地唱道：面条，面条，你在哪里呀？

这下，妈妈和果果都被逗乐了，只是妈妈一边笑，一边抹了一把眼睛。她想，妈妈的病怕是又重了，明天得带她去医院看看了。

别走，我怕

或者说，给你们，你们也不会觉得欣喜，不给你们，你们也不至于度日如年，就像我对于你们一样，我活着你们未必开心，我死了，你们也未必会难过。

当老人再次出现呼吸困难时，杨小芳心里害怕极了，

57

一盏灯的温暖

直觉告诉她，老人怕是挺不过今晚了。

她说，大伯，我去打电话给他们。杨小芳起身往客厅走，手，却被老人紧紧抓住。如果老人放开她，这应该是她给他们打的第三个电话了。

第一个电话是晚饭时，老人已经张不开嘴了，她好不容易用勺子将汤水喂进老人嘴里，老人的喉结一动不动，汤水又都原原本本地流了出来。这怕是老人要去的先兆，她这辈子从来没有经历过这样的事儿，心里不免一阵阵的恐惧。

"喂，大哥，老人怕是不行啦，你们赶紧过来看看吧。""哦，我还在外地考察呢，你打电话给我妹妹吧。"

"大姐，老人怕是不行了，你快过来看看吧。""哦，我最近很忙呀，你打电话给我哥了吗？""给了，他在外地呢。""什么外地呢，他昨天还在棋牌室打麻将呢，我不管，他是老大，有事儿你先找他。"

接下来，话筒里全是忙音。

她从客厅里走进来的时候，低着头，心里很难过，却不知道为谁。

"别打了，没用。"老人有气无力地说。

杨小芳没听老人的话，她还是躲进卫生间偷偷地给他们打了第二个电话。第二个电话的对话跟第一个大同小异，结果还是没人登门。

其实，她本打算离开这个家的，她知道老人怕是熬不过这个冬天了，想到这些她就有些怕。她给老人的孩子打电话，他们都说忙，让她先干过冬天再说，还说每个月再给她加 200 块钱。

她留下来真不是为了这 200 块钱，她是为了老人，她跟老人相处这几年，有感情了。在她心里面老人就像她的父亲，而言谈举止中老人也早把她当成自己的女儿了。

老人的子女很少来，即使来也是来去匆匆。有一次，他们来时，老人便溺失禁了。她急忙下楼买尿不湿和一次性铺垫。回来时，老人的孩子们一个在阳台打电话，另一个在客厅玩手机游戏，根本没人给老人擦洗。

这一次，她还是决定再给他们打电话，她觉得如果不打，老人怕是再也见不到自己的孩子们了。她下定决心，一定要打到他们愿意来为止。可是，她的手始终被老人抓着，她想挣脱，老人始终不放。

"别走，我怕。"老人像是用尽了全身的力气才说出这句话，随之，一行老泪滚到枕边。杨小芳哭起来了，她双手反握住老人的手说："大伯，别怕，我在，我不走，我永远都不走。"老人想做个点头的动作，没能成功，而是无力地眨了一下眼睛。突然，她觉得自己的手被老人用力地握了一下，像平常他想坐起来那样，可是随后他的手却松弛了下来。老人走了，睁大的眼角处含着泪水。

他们来了，在杨小芳告诉他们老人去世后的十分钟内，他们来了。他们进来便在老人房间里翻箱倒柜，没

一盏灯的温暖

人去看看老人眼角里的泪水。杨小芳静静地收拾着自己的行李，脸上没有忧伤。她要回乡下了，她这辈子怕是再也不会来城市了，她要守着自己年迈的父亲。

啊——！老人的女儿在卧室里尖叫起来，她手举着一张纸冲出卧室。老人的儿子只看了一眼也尖叫起来，他凶狠地质问杨小芳，这是不是她伪造的？杨小芳从来没见老人的孩子们如此紧张过，包括老人被推进手术室的时候。

她不明白他们说的是什么，她接过一张纸，这是老人的遗嘱。老人说，他有 20 万存款和一套房产，现全部赠予杨小芳。

这件事儿很快闹上法庭，他们兄妹认定遗嘱是伪造的，他们说老人经常陷入昏迷，连生活都不能完全自理，怎么可能会写下如此清晰的笔迹呢。他们声称要将这个人面兽心的骗子送进监狱，他们甚至还要求第三方为老人进行尸检，只是因为要出一些费用，他们才作罢。

杨小芳说，她不知道老人生前留下过这份遗嘱，她也没有打算要这份遗产，她觉得她能陪老人度过最后一刻就够了。不过，她说她可以不要这遗产，但她们不能侮辱她的人格。

就在案子进入白热化的时候，事情出现转机。一个自称律师的人说有证据表明该遗嘱的真实性。来人先出示了自己的证件，然后掏出随身带的摄像机，摄像机连入投影仪，老人的一段视频出来了。

镜头里的老人精神很差，但是思绪并不混乱。他说："孩子们，如果你们还算是我的孩子的话，请允许我最后一次这么称呼你们。我请你们相信这份遗嘱的真实性，因为在我看来，这份遗嘱对于改变小芳的家境十分重要，而对于你们却可有可无。或者说，给你们，你们也不会觉得欣喜，不给你们，你们也不至于度日如年，就像我对于你们一样，我活着你们未必开心，我死了，你们也未必会难过！"

老人最后说，请你们不要再追究原因了，我想你们得到的只能是羞耻，如果你们非问我，那么我只能说："我很怕，面对死亡我很怕，我希望能有一只温暖的手。"

鬼　娘

火堆忽明忽暗，油灯随风摇曳，所有的人都缩着脑袋，紧张地盯住高占山的嘴巴。他说："那人刚进屋，青面獠牙的鬼就'哐噹——'一声撞开了门。"

刘文泰撞门而入的时候，高占山正给大家讲鬼故事。

此时，火堆忽明忽暗，油灯随风摇曳，所有的人都缩着脑袋，紧张地盯住高占山的嘴巴。他说："那人刚进屋，青面獠牙的鬼就'哐噹——'一声撞开了门。"

一盏灯的温暖

就在此刻，突听"哐噹——"一声巨响，犹似地动山摇，牲口屋那扇木门真的被撞开了……

"啊……"顿时，屋内一片惊叫。

"妈呀，是队长啊，你可吓死我们了！"只见高占山一边紧捂自己的胸口，一边从地下往凳子上爬。他们还来不及掩饰自己的失态，就被另一种尴尬所包围，那就是这帮闲人在拿队里的劈柴烤火，这恰恰是队长不允许的。正当大家以为队长会训斥他们，可是，等了片刻，他们又觉得哪里不对劲儿。是队长，只见队长一言不发地立在原地，他的头发根根竖在头顶，蜡黄的脸上布满惊恐之色，从气喘吁吁的程度来看，他显然是一路跑来的。

"队长，你咋啦？"

"鬼，我，我遇见，鬼了！"

"啥？"

队长的一句话，让整个牲口屋顷刻寂静下来，大家屏声静气地相互对望，似乎鬼就在他们中间，偌大的屋子里只剩下牲口嚼草料的声音，大家第一次发现牲口的咀嚼声如此刺耳，他们把目光转向牲口铺，仿佛鬼就躲在那里。

"踏、踏、踏……"一阵类似慌乱的脚步声由远及近，到了牲口屋前，又突然静止下来，像在窥探他们。

"关门。"队长一声惊叫，门忽地被谁关上了。

"鬼，我刚才遇见鬼了。"于是，队长声音颤抖着跟大家讲起他遇到的鬼。他说，他在乡里开会晚了，于是顶着满月走起夜路，当他走到村前的麦地，听到有哭声，具体哭什么听不清楚，反正就是呜呜咽咽的。他原先以为是谁家的媳妇跟男人吵架了，跑出来发泄发泄委屈。可是，不对，这哭声是从严家媳妇的新坟方向传来的，你们也知道，我这人不信邪，凡事儿喜欢弄个究竟，于是我就靠近那座坟，可是奇怪不，我心里想着往前走，可步子总也迈不动，用力迈了两步，却觉得脚下被什么搅拌，人老要摔跤。远远，我看见新坟上除了月光什么也没有，可是那哭声却是明白无误地从那坟里传出来的。

　　我这心直打鼓呀，我知道这严家媳妇命苦，你看，嫁到严家才半年就死了丈夫，而她自己刚生完一对双胞胎，也因大出血死了，自己的孩子都没看上一眼呀！我心里越是这么想，头顶越觉得冷风飕飕。眼见脚下越来越迈不动了，我就想往回走，可是心里又不甘，就壮着胆子咳嗽了一声，我哩娘吔！你们猜咋，那坟后突然立起一个人来，穿着一身的红……这一下，我知道她是谁了，入殓那天我家的去了，她给严家媳妇穿的就是套红棉衣。吓得我是一路跑呀，这不，看到牲口屋里有灯光我就冲进来了。

　　"呀，你还别说，这段时间，我还真是听到村前有谁的哭声。"

　　"是啊，我们家的晚上也听到过，我还说是风吹的呢。"

　　大家议论纷纷，最后都深深叹息，他们将目光转向隔壁，隔壁就是严家的院子，他们都在叹息一个老太太领着两个苦命的孩子在这样饥苦的年代里如何才能活下去。

　　"走，你走，你走不走，你不走我可打啦……"

　　沉默的人们被隔壁的追打声惊醒，声音先是在屋里，后来传到院子里。这是严家婆婆的声音，仿佛她在追赶谁。他们跑出屋子来到矮墙下，看到严家婆婆手持扫把，正围着院子里的"太平车"转圈，一会儿左转，一会儿右转，像追赶一个人。不一会儿，小脚老太太就累得气喘吁吁起来，忽然，她脚下一个踉跄人就趴在了地上，"我那苦命的媳妇呀，不是娘心狠哪，我也知道你放不下孩子，可是我怕你吓着他们呀……"旋即，她捶胸顿足地哭起来了。

　　老太太的哭声，震撼着每一个人，他们心怀着恐惧，在院子四周紧张地张望。这时，有人点亮了火把，火光照亮了每一双泪眼。后来，队长发话了，他说他允许严老太太每天给他的孙子接两次羊奶，年底队里分口粮时也会多给。其他人也都附和着说些安慰的话。

　　一晃几十年过去了，如今的严老太已是花甲之年。而那个鬼故事也一直被村人口耳相传。有的小青年对此事的真实性表示怀疑，却遭到了刘文泰他们的训斥，那么多年过去了，刘文泰对那晚的遭遇深信不疑。

严老太是八十九岁那年去世的，去世的前夜，她授意两个孙子把那个常年尘封的木箱打开，木箱打开了，只见空荡荡的箱底整整齐齐地摆放着一套红色棉衣。正当两个孙子疑惑着回看奶奶时，老人已经安详地走了。

只是，深陷的眼窝里，含着眼泪。

法庭上的疯子

好多人都产生了错觉，以为是在拍电影。当然，这只是一瞬间的事儿，当看到书记员和主审法官大声喊着法警时，人们才知道这不是拍电影，这是真的。

郭东平在法庭上疯了！

本来在整个庭审阶段，郭东平始终一言不发，仿佛这事儿跟他无关，可是当审判长读到"……贪污罪、受贿罪，数罪并罚，判处死刑……"时，郭东平的面目开始狰狞起来了，突然，他如有神助，一个旱地拔葱，"嗖——"地跃出了被告席。

时至今日人们仍觉得此事不可思议，以前听说狗遇危险时，肾上腺分泌过旺，体内能产生比平常大得多的能量，可跳过比平时高得多的围墙，莫非人也能如此？否则郭东平在瞬间"飞"出被告席就不好解释了。

一盏灯的温暖

　　跃出被告席的郭东平没有停留，而是操起眼前的话筒支架，拖着脚镣像个袋鼠般向审判席跳去。事情发生得太过猝不及防，当法警反应过来上前制止时，郭东平已经跳过书记员席，直奔审判席。我想，事后这两个法警一定会因此受到处罚。事实上，他们也是冤枉的，因为常人根本无法在戴着脚镣手铐的情况下，跃出一米多高的由铁栅栏围成的被告席，况且他跳得如此之快，如此之远，简直让人难以想象。可是事情偏偏发生了。再比如，平日他们只需要在被告席两侧站着就可以了，情绪激动的被告他们见过，也不过是趴在被告席里哭一阵子，说自己如何之后悔，如何对不起党和人民等等。像今天的情形，完全是意料之外呀！

　　直到郭东平冲上审判台，参加庭审的人才跟法警一样醒悟过来，他们也被眼前的一幕弄懵了，好多人都产生了错觉，以为是在拍电影。当然，这只是一瞬间的事儿，当看到书记员和主审法官大声喊着法警时，人们才知道这不是拍电影，这是真的。

　　这样的情形，同样出乎了法官的意料。当郭东平跃出被告席，施展轻功般几个腾挪，来到审判席上时，他们也紧张了，情绪激动的被告他们见得多了，像今天的状况，怕是这辈子也碰不到第二次了。

　　人人都以为，郭东平是奔主审法官去的，法官自己也料到了，所以，当看到郭东平发疯的模样，他意识到自己将陷入危险之中，所以在高喊法警的同时，他赶紧避开了。

　　然而，事情并不是人们预料的那样，郭东平并没有去追打主审法官，而是跳到主审法官坐的位子后头，他就那么片刻安静地看着那位子，有些入神，像是认识它。细心的人也发现了，这个位子并不是法庭上统一配的高背椅，而是一个领导坐的"老板椅"。其实，好多人并不知道，在开庭之前，这里是发生过小插曲的，原来，工作人员发现了主审法官的椅子坏了，修是来不及了，考虑到法庭的严肃性，他们临时把一位领导的位子移来了。

　　之后，更让人觉得匪夷所思的事情发生了：只见郭东平"啊——"的一声长啸，将高高举起的话筒支架朝这个位子砸去。这时，法警们已握着手枪来到他跟前了，让他放下手里的东西。郭东平根本不予理睬，而是继续疯了似的击打那个位子。很快，话筒支架断了好几截。而那位子只被伤及了一些皮毛，依然屹立在原地，稳如泰山。

　　"啊——"郭东平号叫起来了，他丢掉手里的东西，改用双手撕扯，奈何皮质太厚，根本无法破坏，然后，他用戴手铐的双手箍住椅子，用嘴巴撕咬椅子后背，有人清晰地看到，郭东平的牙齿一颗颗白森森地掉在地板上，掷地有声。此时的他像头饥饿的狼在啃食一只被肉包裹的利器，满脸是血。人们至今都不明白，难道他跟这位子有不共戴天之仇，非要摆出一副饮其血食其骨的

一盏灯的温暖

架势？可惜的是，那位子牢不可破，依然坚如磐石地立在原地。

终于，郭东平被涌进来的十几个法警给制伏了，在被押走的路上，他歇斯底里地哭喊着对法警说："求你们了，求你们了，你们弄错了呀，我不是贪官，那位子才是，那位子才是呀，他才是真正的罪魁祸首啊！"

郭东平哭喊声不绝于耳，听到的人都笑了，他们说："看来这人是真疯了，想想看，一个'位子'怎么可能是贪官呢？"

第三辑　奇人

　　我们都想做强者，做一个能够掌握别人命运的人，把别人玩弄于股掌之间，于是，你会为了这个目标竭尽所能，一往无前，可是到了后来，你会发现，生活远不是这么回事，那个被玩弄于股掌之间的人竟然是自己。

奇　人

　　他哧地撕开其中一个纸箱，随手拎出一瓶酒，张嘴咬掉盖子，扬起头，将酒瓶插进喉咙，只听咚、咚、咚、咚，他的喉结没动，一瓶酒就下去了。

　　现在，他就站在我的面前，身材矮小、面黄肌瘦。

　　我示意他坐下，然后开始浏览他的资料：单位、姓名、年龄、特长，当看到特长一栏时，我差点笑出声来，上写："喝酒（特别能喝）"。

一盏灯的温暖

　　我用拳头堵住嘴巴清了清嗓子，说，你这不能算特长。他说，我括弧里有说明。我说看到了。他说，我真的特别能喝。我说能喝10斤也不行。他说我能喝15斤。

　　我想我遇见了一个无聊的"牛皮匠"。我说，是这样的这位先生，我们的节目对导向的要求很高，你这样的节目是无法播出的。

　　再说了，你能不能喝15斤还两说，万一你喝着喝着倒在了舞台上，甚至整出人命来，我们怕是要回家喝西北风了。

　　你，这人从我面前呼地站起来，想说什么，张张嘴，什么也没有说，然后头也不回地走了。

　　我松了一口气，说，下一位。

　　现在，我要告诉你的是，我是《我是奇人》节目组的副导演，专门通过海选寻找一些奇人、能人。奖励是，凡是上了节目的，我们都将满足他的一个愿望。

　　先生，先生，你不能进。听到助理的声音，我抬起头。天哪，我又看到了他。他有些不礼貌地闯了进来，两个腋下各夹着一箱东西。

　　你刚才侮辱了我！他边把写着"二锅头"字样的箱子放在我面前，边气呼呼地说，上不上节目没关系，我今天就是想让你看看，我不是"牛皮匠"。说完，他哧地撕开其中一个纸箱，随手拎出一瓶酒，张嘴咬掉盖子，扬起头，将酒瓶插进喉咙，只听咚、咚、咚、咚，他的喉结没动，一瓶酒就下去了。

当他拎出第二瓶时，被我阻止了。我说，刚才我说过了，即使你喝得了15瓶，也不能让你上节目。他说，我知道，我只是想证明我没有吹牛，说着话，一瓶酒又咚、咚、咚、咚地灌进胃里。我害怕了，找来同事做个见证。他说甭担心，没有金刚钻，不揽瓷器活，我是不会拿自己的性命开玩笑的。

15瓶喝完，他肚大如斗，却面不改色。他想走开，被我拦住，他说他去卫生间，我说我陪你去。其实，我是怕他出事，我已经做好随时拨打120甚至110的准备了。

一起走进卫生间，他没有跟我并排站在一起，而是走向一个角落。此刻，我毫无尿意，我在留意他的动静。我用余光偷偷地瞄他，发现他弓着腰在摆弄着什么，大概是尿急的缘故，他的身体不断地打着冷战。时间过去了几分钟，我仍没听到他排尿的声音，倒是他的身体越发哆嗦得厉害，还发出痛苦的喘息声。

"大哥，快，快来帮帮我！"忽然，他声音颤抖着向我求助。我疑惑地走过去，他的手里正摆弄着一只金属龙头，让我吃惊的是，龙头的一端接着胶管，而胶管的另一端伸向他的腰间。"快帮我拧开。"我不知道他葫芦里卖的什么药，但看他脸色铁青，嘴唇发紫，我知道这个龙头对他至关重要。

龙头很紧，我费了好大的劲儿才把它拧开。哗……伴随着水流声，一股浓烈的白酒与尿液混合的味道直扑

一盏灯的温暖

我的鼻腔。你作弊，我大声说。他有些不知所措。他说，求你，小声点，我没作弊。说着话，他看四周无人，就退了裤子，这一下，我被惊呆了，我看到那只胶管是和他的小腹连在一起的。

我有些害怕，我说，你是人还是鬼，你到底在搞什么？

接下来，他向我坦白了一切，他说，他原本是个名牌大学的毕业生，但是在单位却郁郁不得志。后来，领导发现他酒量大，才开始培养他，他的酒量从1斤被培养到2斤时，被查出了胃癌，他的胃要整体切除，鉴于他为单位的公关事业所做的贡献，单位专门从美国给他买了"人造胃"，此后，他的酒量就上升到15斤，反正胃是人造的，喝得再多也不知道痛苦。后来酒把尿道烧坏了，就安装了这套设备。

我听得目瞪口呆，我说，那你参加这个节目要实现什么愿望呢？他说，我想再换个胃，也就是现在这个产品的升级版，但是非常贵。我说为什么呢？他说，他的一个手下，也换了个人工胃，因为他的个子大，按比例比我的酒量也大，我断定他日后定会超越我，到时候怕是我这个公关部主任的位子就难保了。所以，我打听了，升级版的是人工智能胃，比这个容量大得多，换上它我就不怕了。我说至于么？他说没办法，现在的职场压力大呀！再说了，老婆孩子谁养，房贷谁还……

我说，我能理解你，可帮不了你，不过你可以去吉尼斯总部试试，外国人喜欢这些玩意儿。他说他打电话咨询过了，人家说，这哪儿是记录呀，这简直就是糟蹋人，人家死活不同意。

他走的时候，我把他送到门外。我说，保重。他说，留步。

说完，他神色落寞地走了。

良心值多少钱

村人的嘴巴都快笑歪了，他们说："良心，良心能值几个钱，他们家祖孙三代倒是都讲良心，结果呢，穷得连个婆娘都找不到。"

苏国良还没回到村里，却已成为村人的笑柄。

起初，村人将信将疑，可是待苏培盛回来之后，一切得到证实，原来苏国良还真是个"二百五"。

苏培盛是腊月二十七的下午回到村子的，当晚已有多家备宴来请。席宴间，主人极尽奉承之能事，说他是村里的致富带头人，还说什么"国有邓小平，村有苏培盛。"苏培盛听了这句话，噗的一声吐出酒菜，差点笑岔了气儿。他说，这是哪跟哪儿呀，我是一小偷，能给邓小平比吗？主人说，"别管黑猫白猫，逮住老鼠就是好猫，"这不是邓小平说的么，别把自己说得那么难听，

一盏灯的温暖

你看看这几年村里起了多少高楼，哪一栋不比外村的气派，这都是您的功劳呀，要不然，光凭他们出去打打工能起这样的楼？下辈子吧，再说了，这都啥年代了，小偷咋啦，我看比那些贪官污吏高尚多了，还是那句话，能抓住老鼠的就是好猫！

酒肉吃完，好话说尽，主人这才借着酒劲儿说出了自己的小九九。说什么自家的孩子不是读书的料，又说考上了大学又能怎样呢，还不如趁早跟您培盛叔出去历练历练。话都说到这份上，苏培盛自然无法拒绝，他唾掉牙签挑出的一块肉说，行，年后跟我走，只要别学苏国良就成。不会的，不会的，酒桌旁一直沉默寡言的后生信誓旦旦说。

酒足饭饱，苏培盛打着嗝，在主人一家的簇拥下，歪歪斜斜地走了。

一年前的这一天，苏培盛也是这样从苏国良的家里走出来的，那时候，唯一不同的是，苏培盛眼里噙着泪花，他在门口心情复杂地拍了拍苏国良的肩膀说："放心跟我走，今后有我吃的就有你吃的。"

可是，谁都没有料到平日里并不憨傻的苏国良第一单"买卖"就搞砸了。在这之前，苏培盛在技术和心理上亲自培训他。在培训心理时，苏培盛说，干这行最重要的是不能紧张，要装得跟没事儿人似的。他还说，别怕被人抓住，你要谨记，现在已不像早些年，今天管闲事儿的人越来越少了。当然，即使碰到个"愣头青"也没关系，咱们人多，稍微一打掩护就能脱身。

那是个星期天，一个妇女怀抱着哭个不停的婴儿去医院，幸运的是一车人没一个给她让座，这就大大降低了"做活"的难度，更可喜的是，那妇女从口袋里取餐巾纸时忘了拉拉链，厚厚的皮夹子裸露在外，这可真是天赐良机！可是，就是这个闭上眼睛也能十拿九稳的活儿，愣让苏国良搞砸了。

煮熟的鸭子飞了，飞就飞了吧，尽管小组成员对苏国良不满，苏培盛还是替他说话，他说，谁没个第一次呢。其他成员问他那么容易的事儿为什么不伸手，他说觉得良心上过意不去，还说一看就是乡下来的，没了钱孩子的病怎么办？那不是要人家的命吗？他这么一说大家都不乐意了，他们说敢情就你有良心，有良心你还干这行？

这些也就算了，关键是接下来的几单活儿全砸了。贼不偷东西，在团伙里是大忌，你总不至于让别人养吧。促使苏培盛让他离开的是后来发生的一件事儿，那次，对象是个老人，苏培盛知道苏国良的毛病，只让他打掩护，可是就当自己人逼近老人时，苏培盛清晰地看到苏国良趁一个刹车，猛地将老人撞了一个趔趄。老人警惕了。生意又砸了。

看着小组成员一张张愤怒地脸，苏培盛平静地说，国良，你走吧。可，他是个老人呀，我实在不忍心……好啦，苏培盛打断了他的话，他说，我需要的是个能偷东西的贼，而不是个有良心的人！

一盏灯的温暖

这不，苏国良离开的消息传到村里，村人的嘴巴都快笑歪了，他们说："良心，良心能值几个钱，他们家祖孙三代倒是都讲良心，结果呢，穷得连个婆娘都找不到……"

新年到了，归来的人都在庆祝一年的收获，唯有苏国良家冷冷清清。去年的今天父亲还在，甚至老父亲求苏培盛的情景还历历在目。父亲说自己无能，连给孩子找个媳妇的本事都没有，他希望苏培盛能把苏国良带出去。他知道，父亲说这番话时，内心一定很痛苦。

野外，爆竹声四起，许多人家都在拜祖。直到夜幕降临，苏国良才买了纸，默默地去了祖坟，他要请列祖列宗回家过年。

远远，他见自家的坟地里有火光跳动。这么晚了，谁会来我家坟地呢？走近了，他看到一个身影堆坐在父亲坟前。火光黯淡下来，眼前一片模糊。

"二爷，您千万别埋怨我，不是我不收国良，是我不忍心看他变成一个跟我一样的人，二爷，我虽不讲良心，可是我知道良心金贵呀，当初要不是您在大灾之年宁可全家饿肚子也要来救济我这个孤儿，怕是我的尸骨早就没了呢。二爷呀，今天这世道坏啦，不是良心不值钱了，是良心太贵重了，一般的人已经拥有不起了……"

这是苏培盛的声音。苏国良听着听着就忍不住地蹲在地上哭起来了。

裤　子

他笑了，笑得十分得意。他说，您不要不相信，我说的是真的，不过我需要告诉您的是，这裤子有处瑕疵，也就是一点点，绝不影响您穿。

在客人稀少的时候，他习惯于将自己的右手支在桌子上，然后用手掌托起脸和下巴，这样，他的余光正好落在门口。没客人时，他就似睡非睡地休息，有客人时，只要踏进来，他的余光就像"红外线"探头似的，立刻把信号传至大脑，他会迅速立起身来说："您好，欢迎光临。"

"咚。"一个，抑或是两个沉闷的声音响起，声音很轻，像故意控制着。开店至今，他第一次看到进门的不是脚，而是两根圆形木棍。余光顺着木棍向上走，他看到一个腋下夹着双拐的中年汉子。他的目光又顺着双拐落下来，这次他除了看到一只脚，还看到一只被扎起来的空荡荡的裤管。

"您好，欢、欢迎光临。"他立起身来说。

"我，我随便看看。"他说。说话时，他的两只末端贴了黑橡皮垫的双拐在一只脚的支撑下动来动去。

汉子不像其他顾客那样围着店铺转个圈，感兴趣地停下来看看摸摸问问。而他就立在店铺中央，从头至尾一件件看下去，目光实在受限了，才在双拐的帮助下调

一盏灯的温暖

整一下身体。

他在选衣服。

他也在选衣服。

很久以来，当客人选衣服的时候，他的脑子里也在帮客人选，客人选的是挂出来的，他选的是仓库里的。他此时的大脑就像个计算机，他把客人的相貌、体征输进去，然后等适合客人的衣服跳出来。当客人觉得没有适合自己的衣服准备离去时，他会说，您稍等，我觉得我仓库里有一款特别适合您。于是，客人站住脚，他去了仓库。以他的经验和审美，后者的成交率甚高。

此刻，他的大脑里也在替这位客人选，刚选了一半，客人就指着一条灰色的裤子说："就这个，帮我拿条25的。"他觉得这条裤子并不适合客人，他是个残疾人，本身的形象就显得迟缓和灰暗，再穿上灰色的衣服就更显得没有生机了。可是，他还是找出一条25的给他。

"您先试试吧。"

"不用。"

"不用试？"

"多少钱？"

他没见过这么固执的客人。一百，他说。客人掏出一百块钱给他。他迟疑了一下，接住了。请您稍等一下，见客人要离去，他喊住他。此时，他的大脑里已经帮他找到了一条更适合他的裤子，他觉得这条裤子穿在他身上一定阳光帅气。

　　"喏，就是这一条，您看看，腰围也是25的。"他从仓库里走出来信心满满地说。

　　"哦。"他看到他的眉毛一扬，表情鲜活了不少，看得出他是非常满意的，从他爱不释手地抚摸和嘴角流露出的笑容就能证明。

　　"多少钱？"

　　"五十。"

　　"五十？"

　　"是的，五十。"

　　他有点不相信自己的耳朵，因为仅从质地看，这条裤子就远比那条好。

　　他笑了，笑得十分得意。他说，您不要不相信，我说的是真的，不过我需要告诉您的是，这裤子有处瑕疵，也就是一点点，绝不影响您穿。

　　"是吗？"他露出一副愿闻其详的神情。

　　"是这样，"他说，"这条裤子是我去年150进的，可是拿回来才发现裤子的左腿比右腿短了一厘米，也就是一厘米，常人穿起来不仔细看怕也是看不出的……我觉得他再适合您不过了。"他说得十分自信，他在等待他的褒奖，至少应是个热烈一些的回应。

　　"我就要这一条！！！"

　　他分明看到，这个人，这个拄着双拐的汉子，一把扯起那条灰色的裤子，冷冷地丢下这句话，头也不回地走了。

午夜来电

他日记本的前半部分记的是赃款的来处，比如，某年某月某日，某某因何事送了多少钱。日记的后半部分是钱的去处，比如，某年某月某日，给某某单位捐了多少钱。

电话在午夜响起，见他的名字在手机上跳动，那一刻，我可以用吃惊来形容。尽管我们是最好的朋友，可是由于他工作的原因，我们的关系有些疏远了。

走进包厢的时候，他正背对着我举杯，从桌上的空瓶子看，他已经喝了不少。见我进来，他没起身，甚至连招呼都没打一下。

半年没见，他瘦了。看他佝偻着身子，一副无精打采又筋疲力尽的颓废表情，我说："看这帮畜生把你累成什么了！"我本想跟他开个黑色幽默，可话一出口却觉得莫名悲怆。

他没说话，帮我倒了一杯酒。我以为他要跟我干，结果，他什么也没说，而是自顾自地喝了。我知道，他心情不好，上大学时就这样，心情不好时就知道喝酒。

我给你讲个故事吧，他说。他说这番话时，目光紧盯着手里的玻璃杯，仿佛这上面有他要讲的稿子。我说，好好好，你讲的故事一定精彩。他苦笑。

他说，三个月前，他们根据举报，抓了一个"窝案"，这个县里，除了一位常务副县长，其他的正副职无一人幸免。我说，在今天这不稀奇。

他说，我想给你说的是，多少年了，我很少看到群众口碑这么好的干部，群众说要不是他，全县大部分乡村还在天天喝着酸碱水；要不是他去北京、去省里找资金、讨资金，他们县不可能连最偏远的乡村也通了公路；要不是他力主对全县校舍改造，每年的雨季还不知要死多少孩子……

我说，为人民服务是他们应该做的，这不值得稀奇。

唉，他深深地叹了一口气，脸色灰暗下来。他说，随着案情的深入，我们发现这个唯一的副县长也有问题。我说，这就对喽，沆瀣一气嘛！

他说，那天我们去他家里搜查，发现跟其他领导相比，他的家可以用寒酸二字来形容，你真的很难相信这是一个贪官的家。我说，那是因为他隐藏得太深。

他说，接下来的事儿，你一定想不到，在我们去抓他的时候，他仿佛早就知道了，我们进来，还没说明来意，他就先开口了，他说，走吧，你们想要的东西都在这里。

由于他的配合，案情进展得很顺利。因为他的笔记本上都记得清清楚楚，他日记本的前半部分记的是赃款的来处，比如，某年某月某日，某某因何事送了多少钱。日记的后半部分是钱的去处，比如，某年某月某日，给某某单位捐了多少钱。他受贿的总额是 413 万元，而捐

一盏灯的温暖

出去的总额也是 413 万元，也就是说，他没有享用一分钱的贿赂，而是把它们全部捐给了学校、福利院、敬老院等机构。

真的假的？我来了精神，觉得这事儿确实有点不可思议。

他说，他交代的我们都去核实过，千真万确。

这人有点意思哈，我说，他这是为什么呢？

他猛地灌了一大口酒说，这才是我要给你说的重点。在移送检察院的前夜他找了我，说想找我单独聊聊，我说这不符合规定，我们谈话至少要有两人在场。他说，你们不是有录音和视频吗。我不知道他到底要给我聊什么，我向上级做了汇报，经同意，我们在看守所里见了面。

他说，我给你讲个故事吧：从前呀，有个孩子出生在他们那个县的一个小山村，家乡的穷山恶水促使他决心要改变家乡的面貌，所以，大学毕业后，他主动要求回到家乡。他从基层做起，一步步到了一个常务副县长的位子。可是，当他有机会为家乡人做点事时，他遇到了难题。他做事总有人掣肘，哪怕他是对的。比如他提出改造校舍，班子其他成员会说，预算有限，还是紧着其他重要的事情办吧。结果他想做的事儿总是不了了之。

他当时很苦闷啊，县里有钱修办公大楼，修景观大道，却没钱修乡村公路，改造校舍，解决农民饮水。那一刻，他萌生退意……后来他才知道，他只有和他们成为"一家人"，他才能有资格在这个家庭里发言并得到其他成员的支持。通俗地说，他只有像他们那样贪污受贿，他才能得到他们的信任与支持。

以后的几年间我想做的事儿都做到了。当全县最后一所校舍得到改造后，我哭了，我知道我的大限到了，可是我要为家乡人做的事儿还有很多……

对了，我一直想问，专案组那么多人不找，他为何偏要找你说这些呢？

他没言语，仿佛没听见我说的话。良久，他才幽幽地说："那一年，我们曾相约回去改变家乡的贫苦面貌，可是在最后的一刻，我退缩了，留在省城，而他，毅然决然地回到了那里。"他说这番话时，已是泪流满面。

做个坏人真难

耳听着那脚步声离自己越来越近，她禁不住一回头，呀，不得了了，她看到那个追她的收银员手举的不是百元大钞，而是一把明晃晃的菜刀，而那菜刀正朝自己劈来。

张文秀手攥假币出了门，出了门的张文秀在大街上十分茫然。

天气不热，张文秀的额头却出了汗，她不得不时不时地用袖口抹额头。此刻，她生怕遇见熟人，可是熟人

一盏灯的温暖

偏偏很多，对别人的招呼她多是含糊不清地敷衍，她觉得街上的每一张脸都在看她，认识的和不认识的目光里都写着"鄙视"二字。

"阿婆，你咋啦，不舒服么？""安徽嫂"跟她招呼。

"没，没，就是觉得有些热。"她答。

"诺，这是新到的鸭梨，很解渴的，拿去吃。"

"不，不用了，你还，还是给我称二斤吧。"

称好。装袋。她有些痉挛地接住。她想伸出右手，把那张假钞给她，可是右手很僵硬，手指被什么缚住了似的，大脑根本控制不了它。于是，她拎着水果的手开始在下衣口袋里摸索。

"阿婆，不要给钱了，拿去吃吧。"

"要给，要给，你也是小本生意。"

"阿婆，钱不在你的右手吗，你是不是病了，脸色咋这么差呢？"

"是，是吗？"她慌乱地用袖口抹了抹脸。

"安徽嫂"已经把零钱给她准备好了，她还在不知所措。"安徽嫂"有些不放心地把一卷零钱往她手里塞，告诫她拿好，别丢了。她点头，可是右手偏偏不配合，怎么也张不开，这团零钱进不来，那张假钞也出不去。这一刻，她的脑海里一幕幕再现着"安徽嫂"无论寒暑都在水果摊前忙碌的身影，她知道，"安徽嫂"不容易，丈夫出车祸去世了，她一个人靠卖水果拉扯两个孩子，还要赡养两个老人。

"算，算了，我，我还是下午给你零钱吧。"张文秀的身体一个激灵，拨开眼前的手，头也不回地逃了。

逃了的张文秀十分懊恼，或者说气儿不打一处来。她手里攥的这张假钞是人家给她的，昨天，就在这条街上，一个西装革履的年轻人，不讲价地买了她五斤"鸡毛菜"，然后从皮夹子里抽出一张崭新的百元大钞给她，而她几乎把口袋里的所有零钱都找给他了。

回到家，儿子帮她一看，说是假钞，她当时就懵了。儿子说最近有一些坏人，专挑一些分辨能力差的老人下手，以买东西为名实施诈骗。张文秀越听越生气，她想，青菜白给人家也就算了，反正自己田里种的，可是这个该天杀的把她前几日卖的钱也给骗去了。儿子说，你就当没事儿人似的用掉就行了，大家都是普通人，没有那么强的鉴别能力。

可是这事儿让张文秀犯了难，她说自己在这条街上生活几十年了，就连流动摊贩都认识她了，她怎么好意思坑人呢。儿子就笑了，说，你要做好人就把钱自己吃进去，实在不行你把钱给我，我帮你用掉。张文秀到底没把钱给儿子。

如此一来张文秀的心里就觉得憋屈，甚至是不甘，她毕竟不是富裕人家。昨天，一条街道被她走了两个来回，假钞都被攥出了汗，她还是没好意思兑出去。走着，走着，张文秀的火气就上来了，她想，看那王八蛋穿西服打领带还坐着轿车，应该不缺钱呀，他怎么好意思出

一盏灯的温暖

来骗人呢，缺德呀！

此时，拎着梨的张文秀来到一家超市前，超市是新开的，老板是个暴发户，跟其他的暴发户没什么区别，他"暴发"后第一件事儿是和原配的老婆离婚。张文秀此生最恨这样的人，因为她自己也是个受害者，当初，她丈夫就是因为意外发了笔小财，就横竖看她不顺眼了，结果弃她们母子而去。

对，就去这家超市买东西。可是当走进超市，她一边往篮子里丢东西，一边还在想，我这样也不成了坏人了么？想想，心里挺难受。这时，她又想起了他的那位负心汉，心里稍稍有些安慰。她低着头来到收银台，胸口狂跳不已，可是排上付款的人流就没办法回头了，她看着收银员把钱举过头顶照了照，收进去，然后又找给她一沓钱。这一刻，她的心脏差点就跳出了胸膛。

就这样，她不知道自己买了多少东西，也不知道人家找给她多少钱，她有些头重脚轻地出了门，她故意在门口耽误片刻，她想，若是人家找来，她也好说，你看，我真的不知道是假钱，否则，我早就跑得无影无踪了呢。等了一会儿，看人家没有追出来，这才一路小跑着往家赶。

可是刚跑出几步，忽听身后一声高喊："站住，你的钱是假的！"

张文秀的头顶一阵发麻，她想停下来，可是脚不听使唤，她想加快速度，可是双腿又像灌了铅般迈不开步子。耳边听着那脚步声离自己越来越近，她禁不住一回头，呀，不得了了，她看到那个追她的收银员手举的不是百元大钞，而是一把明晃晃的菜刀，而那菜刀正朝自己劈来……

"啊……"她一声惊叫，呼地从床上折起身来。原来是个梦。

哦，她手扶着怦怦跳的胸口眼睛却别向桌子。在刺眼的灯光下，那张崭新的假币正闪着光芒，一如那梦中的菜刀。

"唉！"张文秀靠在床头深深地叹口气说："这做个坏人可是真难呀！"

天　使

已经连续三天了，老人再没有在门缝里出现过，孩子不再"奶奶、奶奶"地叫着下楼、上楼，而是有气无力地走到三楼，然后对着门缝轻轻地叫两声奶奶，耳朵贴在门上听听动静，然后耷拉着脑袋下楼或上楼。

这一天，孩子像往常那样，在他"慢点跑，小心脚下"的叮嘱声里，"噔噔噔"地冲上楼。等他上到三楼时，儿子正对着301开出的一条门缝说声"谢谢奶奶"，然后又噔噔地上楼去了。

一盏灯的温暖

回到家，他发现孩子手里握着一大把印有外文的奶糖，一问才知道，是三楼的奶奶给的。三楼？他的心里不觉咯噔一下。因为他听说三楼住着一位古怪的老人，说她除了买菜，白天不出门，晚上不开灯，即使偶尔下楼散散步，也是一个人围着小区独自走上几圈，从不与人打招呼。

以后的日子里，每次上学或放学孩子连珠炮似的喊着"奶奶、奶奶"上下楼就成了习惯。而那位老人也总是算准了时间似的，一准儿在那个时间节点出现。有时候，她还会从里面伸出一只苍老的手，抚摸孩子的脑袋和脸蛋，抑或给孩子一些水果和奶糖。

这一天，孩子又像往常那样，一边喊着"奶奶、奶奶"，一边"噔噔噔"地冲上楼。301 的房门却紧闭着。"奶奶，奶奶，"孩子对着门口喊了几声，那扇门还是无动于衷。孩子回过头看他，眼睛仿佛在问："奶奶呢，奶奶去哪里啦？""奶奶大概去买菜了吧。"他说。

起初，他把老人和孩子的交往看作偶遇。可是他渐渐发现，不是的，是老人每次都在这个时间节点守在自家门口等着孩子，只要和孩子打过招呼，或者亲过孩子的小手、小脸，她的笑容会马上收起来，然后就把自己关进屋子里。对于别人的议论和老人的古怪，他是心怀警惕和芥蒂的，也常为此感到不安。

记得有一回，孩子感冒在家休息，当他一个人独自下楼时，他清晰地听到 301 开门的声音，不过门是虚掩着的，他看见一头白发在门缝里晃动。等他下楼后，那扇门又轻轻地掩上了。

第二天，301的门缝开得比昨天大些，她的眼睛盯住他，仿佛在质问："孩子呢，你把孩子给我藏在哪里了？"下楼时，他清晰地听到了她的一声叹息。

第三天，老人端坐在门口。前两次，他想主动跟她打个招呼，可是看她拒人千里之外的表情，他退缩了。这次却是她主动开口的，她说："孩子呢，孩子可是三天没去上学了？"

他停下脚步，说孩子病了。

"病得重么？"老人立起身来问。

好了，他说，明天就可以上学了。

"哦，那好，那好。"她的语气里充满着欢快……

已经连续三天了，老人再没有在门缝里出现过，孩子不再"奶奶、奶奶"地叫着下楼、上楼，而是有气无力地走到三楼，然后对着门缝轻轻地叫两声奶奶，耳朵贴在门上听听动静，然后耷拉着脑袋下楼或上楼。他不止一次的回头张望，期待那扇门会突然敞开，然而，一切都没有发生。

直到第四天，他喊过"奶奶"正准备离去时，门忽然开了。"奶奶，"孩子欢快的叫声脱口而出。可站在门前的却是一位陌生中年男人和一位金发碧眼的外国女人。

"你是明明吧？"那个男人蹲下身来牵住孩子的

一盏灯的温暖

手问。

接下来的交谈中，他得知，他是老人的儿子，在国外工作，女的是他妻子。他说，老人住院了，晚上起夜时不小心跌倒了。还说他母亲常在电话里提及这孩子。

他问老人怎么样了，摔得严重吗？男人话没开口，眼圈却红了。他的妻子有些拿腔拿调地说："妈妈的头部着地了，成了植物人，医生说怕是除了上帝再没人能唤醒她了。"女人的一席话，使男人的一汪眼泪滚滚落下，他说，他不该留在国外，他应该回到老人身边。

那是个星期天，他带孩子去医院看老人。"奶奶、奶奶，你醒醒，你醒醒……"在插满管子的老人身边，孩子焦急地呼喊，他几次伸出手想去摇晃老人，可是没有，最终，孩子哇的一声哭起来了。老人的儿子忙弯腰给孩子擦眼泪。

就在此时，男人看着面前的仪器突然惊叫起来了，他喊着："医生医生"就冲了出去……

半年后，老人出院了，但她还不能行走和开口说话。

那天，他带孩子下楼看老人，见孩子进来，老人的一只手挣扎着抬起圈住孩子的脖子，她将自己的脸紧紧贴住孩子的脸，片刻，她呜呜地哭了起来了。

这时，老人的洋媳妇打破了沉默，她单膝跪在孩子跟前，庄重地亲吻了孩子的额头和手背，然后认真地注视着孩子的眼睛说："孩子，您是天使！"

演 习

三辆消防车呼啸而至，消防队员快速地设置警戒区域，云车开始缓缓升起，当云梯即将升至 26 层时，掌声已开始响起，这马上就是一场完美的演习了。

当火警响起时，大家没有慌张，只见有的伸懒腰，有的打哈欠，还有的拿着杯子去接水。这时，物业公司的人来了，他们身穿崭新制服，手持对讲机，大呼小叫着让大家赶快逃生，还说电梯已关闭，请走逃生通道。人们这才有些不情愿地离开座位往楼下走。

这其中，就有在 27 楼办公的赵志高。赵志高在物业的催促下走到 20 楼时，突然想起一件事儿——手机未带，他返身往楼上跑，却被身旁的保安抓住。保安说跑反了。赵志高说手机落桌子上了，赵志高没听清保安接下去对他说了些什么，此时他已经用力挣脱了保安的手，逆着人流朝楼上跑。

各楼层的人在安全通道内形成一股洪流，有的人在洪流里掉了高跟鞋，也有的不小心踩了别人的脚，也有的人觉得挺好玩，于是一路嘻嘻哈哈，闹闹哄哄，因为大家都知道，这只是一场演习而已。

演习的事儿是物业公司昨天通知的，物业说，火警铃声一响什么都不要管，只需在物业的指挥下跑到楼下

一盏灯的温暖

广场。他们还特别强调，主抓安全的副市长要来观摩这次演习，拜托大家一定要积极配合。

赵志高跑到 24 楼时，楼梯内已有弥漫出暗红色的烟雾，他知道烟雾来自 26 楼的一家公司，因为昨天物业公司交代过了，要在 26 楼的某处燃放一个"烟雾弹"。据说开始时这家公司有些异议，问为什么不选其他楼层燃放？物业解释说，这次演习的项目是高楼救援，因为市里刚斥资百万引进了一辆百米云梯车，据说这云梯正好能伸到 26 楼。

当赵志高气喘吁吁地跑到 26 楼的时候，楼道内的烟雾已经十分浓烈。这时的楼道里已经没有什么人了，只迎面碰上一名物业人员，大概是楼上的人员都疏散干净了，他下楼的表情很轻松。

见赵志高直着脖子向上冲，这人有些生气地说，你咋回事儿啊。赵志高气喘吁吁地说，手机、手机落台子上了。那人说不就是手机么，演习顶多半小时，能耽误什么？

可是这个人他哪里知道此时的手机对于赵志高的重要性呢，因为今天他老婆去房产交易中心领取他们的房产证了，整整 10 年呀，他们省吃俭用，终于要在这个城市里拥有自己的房子了，他们吃早饭时就商量好了，她拿到房产证的第一时间给他个打电话，在旁人看来这未免有些矫情，可是旁人又怎么知道房子对于他们的重要性呢。所以，任何人任何事都无法阻止他去取电话，况且这只是个演习。

这人见赵志高并不理睬他，而是直着脖子往楼上冲，他低头看了看手表，就大声地对着他的背影喊："哎，你干脆别下楼了，就躲在办公室吧，记住哈，千万别打开窗户，千万别往楼下张望。"

当赵志高跑到 27 楼的时候，走廊里已完全被烟雾弥漫，烟雾中还有股呛人的塑料燃烧的味道，他捂住鼻子骂了句王八蛋，弯着腰冲向自己的办公室，远远，他仿佛听到了自己的手机铃声，这更加快了他的步伐。可是就当他跑到自己的办公室门口时，突听轰的一声巨响，身后的天花板从天而降，一个大火球随之向他扑来。

他懵了，不是演习么，咋真的着火了……

当这栋大楼还没浓烟滚滚时，楼下的广场上已经整整齐齐坐了一排人，他们的台子上摆着矿泉水和望远镜，他们互相握手寒暄，颔首致意，大批媒体记者一阵"噼里啪啦"。

随着一个红色的信号弹腾空而起，立刻，眼前大厦里的警铃声大作，这时，26 楼一个窗子里冒出滚滚浓烟，随后就有个人在窗口里舞着白毛巾求救。一分钟后，三辆消防车呼啸而至，消防队员快速地设置警戒区域，云车开始缓缓升起，当云梯即将升至 26 层时，掌声已开始响起，这马上就是一场完美的演习了。

就在此刻，参与救人的消防队员发现了新状况，他看到 27 楼也冒起了烟雾，他有些懵，心想，不是说只对 26 楼的"目标"实施救援么？正犹豫间，他们看到

一盏灯的温暖

27楼的窗户里蹿出了火苗。这下，他更不解了，因为这次演习说好不动火，只放烟雾弹。可是就在这一瞬间，职业的本能告诉他，这是真着火了，不仅如此他还隐约看到一个浑身着火的人疯似地在办公区里奔跑。可是云梯只能举到26楼，近在咫尺，却鞭长莫及。

消防战士果断报告，请求放水，可是消防车为尽快赶到现场，车厢里压根没有带水，当他们七手八脚地找到最近的一个消防栓时，27楼的那个人已经倒下了。倒是26楼的那个人，他还在不断地挥舞着白毛巾，高声喊着救命，他的手臂酸了，嗓子哑了，可是近在咫尺的云车不仅没有过来，却朝另一个方向去了，他不知道到底发生了什么，可是作为"道具"，他必须如此地喊下去，因为他知道市领导就在下面，他一定要完成好自己的使命。

男人的眼泪

为了妻子，我大声呵斥了他，孩子没再喊下去，而是跪下身子，趴在沙发上呜呜地哭了，他说："妈妈，妈妈，我要妈妈，我要妈妈……"

当送走了所有的客人，刚才还在酒桌上左右逢源、谈笑风生的胡秋原，一瞬间变成了另外一个人。他有些踉跄着走向沙发，然后将自己无声地陷入沙发之中。他的表情是从未有过的颓唐和衰败，也许在创业失败的中途这种表情曾经有过，但他是个要强的人，他从不在别人跟前展示自己的柔弱。不知道今天他是怎么了，也许是刚才喝多了，现在酒劲儿上来了。

我说，我给你倒杯水醒醒酒。他的手无力地举了举，表示了拒绝。我问，你哪里不舒服？他还是无力地举了举手。房间里陷入了静默。但从他的表情里我读出了内容，也许他的内心深处，正在为某事挣扎，他不知道该不该将它说出来，而另一方面，他又觉得必须把它说出来，他需要向他最好的朋友倾诉。

"我，我不知道这事儿会对他伤害这么大。"他缓慢而低沉的声音从沙发上浮起来。

"谁，什么事？"我不解地问。

"小宝。"他说。说出这两个字时，他的眼睛沉沉地睁开，又紧紧地闭上，整个房间再度陷入寂静。

我知道"这事儿"指的是他离婚这件事。胡秋原是个事业成功的男人，他和许多成功的男人一样，先是换了房子、车子，最后换了老婆，而理由也几乎和他们一样：感情不和。他们离婚时，他的老婆曾向我哭诉，她给我说她们当初创业时是如何艰辛，她们是如何相互搀扶、相互鼓励地一路走来，可是现在日子过得好了，却又"感情不和"了。我也曾问过胡秋原，你们是真的情感不和么。我记得胡秋原没有直接回答我的问题，只是眼睛别向他处幽幽地说，没办法，她已经怀上了我的孩子。后来，

一盏灯的温暖

他们还是离了，孩子跟了胡秋原。

我知道胡秋原一直觉得亏待前妻和儿子，前者，他几乎将全部家产给了她；后者，他努力抽出更多的时间来陪她，只要是儿子的要求他从不拒绝。然而，一向活泼好动的小宝，自从他们离婚后就沉默了，他对什么事儿都没有了兴趣，更多的则是一个人呆呆地望着窗外。那天，他妈妈从这栋别墅搬出去时，他就是从这个窗口看着妈妈一步步离去的。

胡秋原曾担心小宝和现在的妻子处不好，尤其担心妻子虐待孩子。后来他发现他的担心是多余的，他看得出妻子是想尽一切办法来讨好小宝，这让他很是感激。他自己也经常为这种"讨好"推波助澜，比如，他出差时给儿子买的礼物，非说是妻子买的；再比如，去学校给儿子送衣物，他会一再叮嘱校工告诉孩子，是他"阿姨"送来的。

胡秋原所做的一切，妻子都看在眼里，在与小宝的相处中有再多委屈，她始终毫无怨言，有时候她也会靠在胡秋原胸前啜泣。每逢这时，胡秋原总会先感谢她，再鼓励她。他说，一切都会好起来的，你只要有爱，即使石头也能暖出花来，相信我，时间会改变一切。

这么说，不是胡秋原随口安慰，他是有根据的，他发现小宝在慢慢改变。原来看到妻子，他会十分敌视，妻子偶尔爱抚地摸他的脑袋，他会厌恶地用手打掉。现在不一样了，他的眼睛里温柔了，尽管还是沉默寡言，但比之前明显话多了。更让胡秋原欣慰的是，有一次妻子给他买了玩具，在上楼时，她回头喊了一声"谢谢阿姨"。只一句，胡秋原和妻子都流出了眼泪。

当然，这些都是胡秋原之前告诉我的，不知他今天又为何如此感慨。

我说，时间久了孩子会有改变的，这事儿，你们得有足够的耐心，他毕竟是个孩子嘛。

胡秋原深深地叹口气说，我原来也以为时间会改变一切，可是我错了，时间不仅不会改变一切，它甚至还会摧毁一切。他说，那天妻子让小宝帮她拿个杯子，不知道小宝没听见还是不愿意拿，就待在电视机前没动，你知道的，我妻子年轻，有时候会无意中说句粗话，她说："他妈的，叫你连一点反应都没有，"我相信她是无意的，可是，我万万也没有想到，小宝会触了电似的从沙发上跳起来，他对着妻子大喊："你凭什么骂我妈妈，"然后又指着妻子的脸说："都是你，都是你这个狐狸精破坏了我们的家庭，我恨死你了，恨死你了。"我和妻子都震惊了，我从没想到一个六岁的孩子会有一张如此狰狞的脸。为了妻子，我大声呵斥了他，孩子没再喊下去，而是跪下身子，趴在沙发上呜呜地哭了，他说："妈妈，妈妈，我要妈妈，我要妈妈……"

话未说完，我看见胡秋原突然从沙发上直起身子，双手紧紧捂住自己的脸，并支在膝盖上，他呜呜咽咽地想哭出声来，却忍住了，只是眼泪，眼泪从指缝里，从指缝里，夺眶而出。

老郭进城

他哪里会不明白，这都是老父亲的爱呀，老父亲是个文盲，这辈子他根本不知道"爱"字如何写，可是对于儿子的爱早就溢满大海了！

老郭终于答应进城来了。

前些年，小郭曾多次给老郭打电话，让他来城里住。老郭说，进了城家里的地咋弄哩？小郭说，您都种了一辈子的地了，还没种够？老郭说，这叫什么话，什么还没种够，你爹是农民，农民不种地还能干啥？小郭知道老郭的脾气倔，只要是他认准的理儿，十匹马也拉不回。

这次小郭又给老郭打电话，他说，大，您到城里来住吧。老郭说，进了城家里的地咋办？总不能让它荒起来吧。小郭说，大，我们这阵儿工作忙，小宝在家没人照顾。儿子这句话击中了老郭的要害，孙子是他的宝。老郭沉默良久说，那，那好吧，不过，我得把"大红袍"带过来。大红袍？什么大红袍，衣服么，城里啥衣服不能买呀，您就带路上吃的喝的就行了。

老郭笑了，他说，啥衣服呀，你忘了去年你回家，你说这只鸡真漂亮，浑身上下像披着一件大红袍似的，我给你说这只鸡呀……老郭说起这只鸡就滔滔不绝起来，就像他在村人跟前说起儿子的成绩如何优秀、毕业后如何上进、城里的别墅如何大一样。电话里的小郭有些走神，他没想到自己的一句话就成了这只公鸡的名字。这些年来，家里越来越多的东西都打上了他的烙印，在老家，说着话，一个冷不丁就会蹦出与他相关的事情来，比如家里来了客人，老郭会边倒开水边对客人说，这只杯子还是孩子工作那年给我买的呢，喏，这茶叶是孩子年前带回来的，几十块钱一两哩。还有就是，老郭每天看的电视都是小郭所在的那个城市的频道，一有个大事件，他总会打电话过来，说什么台风对他家有影响没有，说什么地铁追尾了，地铁不安全不能坐等等。想到此，小郭的眼睛有些湿润，他哪里会不明白，这都是老父亲的爱呀，老父亲是个文盲，这辈子他根本不知道"爱"字如何写，可是对于儿子的爱早就溢满大海了！

　　你在听么，老郭见儿子不说话有些急了。哦，您说的是那只公鸡呀，恐怕不行，城里不准养鸡呢。老郭说，那就算了，我也不来了。小郭说，行行行，您先来吧。

　　就这样"大红袍"随老郭进城了，小郭看着"大红袍"在院子里溜走，顿时觉得生活生动起来了，他还回想起不少美好的往事。上班前，小郭让保姆想办法弄只鸡笼来，笼子越严密越好。他还不忘叮嘱父亲，在城里不像农村，千万不要大声喧哗，更不能随地吐痰等等。

一盏灯的温暖

就在这天晚上，小郭被室内的异常动静惊醒了，他以为进贼了，仔细一听不像，那是父亲的脚步声。这么多年了，父亲的脚步声他依然分辨得出。

厅里的灯亮了，果然是父亲，父亲正弯着腰皱着眉在厅里来回走动，他以为父亲肚子不舒服，因为晚饭时老郭吃了一些海鲜。他还记得昨天陪父亲适应环境来到菜场，老郭看到一只只什么东西被绳子五花大绑着木偶一般堆在箱子里，两只小眼睛时不时眨巴一下。老郭说，这是什么。小郭说，螃蟹呀。啊，还真没见过，它怎么被人捆着呀，给罪人似的。儿子说老板怕他们在箱子里乱爬，或者前面的钳子伤到人。晚上吃螃蟹时，老郭死活不吃，小郭以为他不会吃，教他，老郭却说，从水里捞上来就被人整日捆着，刚舒展了筋骨，又被人清蒸了，我觉得咱们人残忍着呢。接下来任凭小郭怎么劝说，老郭就是不肯吃。

您肚子不舒服？

不是。

那您怎么不睡觉？

我在想这眼见天就亮了，"大红袍"怎么不叫呢。

小郭说，我怕"大红袍"影响邻居，用了很密的笼子。

老郭说，那也不对，只要闷不死它总会叫的呀。

可是一连几天"大红袍"就是不开口，不仅如此，精气神儿也不如在老家了，以前它在院子里迈着方步，雄起起气昂昂神灵活现，现在是无精打采半死不活。

怎么会这样呢？以前它在村里可是叫得最好的，每晚都是在它第一声啼叫后，整个村子的公鸡才此起彼伏地叫起来，依我看它比现在的歌星叫得好听多了。

一个月了，"大红袍"还是不肯开口，而且精神愈加萎靡。"大红袍"不叫小郭最开心，这样他就不必担心邻居投诉了。可是他怎么也开心不起来，因为老郭的精神越来越像那只鸡了。

这一天，老郭对小郭夫妻说，孩子，我还是回去吧，其实那保姆看孩子比我看得好多了，你们的心思我明白，可是我离不开那片土地，您看，眼瞅着就要秋耕了，你说那地总不能荒着吧。

老郭再次给儿子打电话的时候是个午夜，老郭兴奋得跟个孩子似的对着话筒喊："叫啦，'大红袍'又叫啦！"一声声铿锵嘹亮的啼叫，顺着信号传到了千里之外，不知怎么的，放下电话的小郭已是泪流满面。

你不能跟他结婚

她觉得今天所有人的微笑都显得造作、夸张，这是她以前没体会到的。这些笑面如花的脸上的一张张嘴，仿佛是一个个无底的深渊，此刻，它们正冷飕飕地冒着寒气，这也是她以前没有察觉过的。

一盏灯的温暖

一

一觉醒来，李小东被眼前的这个人吓了一大跳，他甚至差点惊叫出声来。

天哪，这该是怎样一张脸呀：面孔蜡黄而灰暗，粗糙的表面张着新陈代谢的角皮，乌黑的雀斑钉子般揿在鼻子周遭，尤其那"钉帽"随着五官的抽动，扬威般地在脸上蠕动；再看这双眼，暗淡无光，眼角的鱼尾纹没有了，替而代之的是两条鱼尾巴；头发呢，大概因为过度"打理"的缘故，它们早是元气大伤，此刻犹如冬日杂乱的枯草匍匐在头皮上；再看那张嘴……天哪，李小东不敢再看了，他怕要吐出来。

"你，你是谁。"李晓东狠劲儿地揉了眼睛，紧张地问。

二

说起大学时代的李小东，那可是炙手可热的人物。大一时，大家都还不在意，印象中这只是个皮肤黝黑，说话脸红，只知低头学习，乡音浓厚的下里巴人。大二时一切都变了，他皮肤白了，身体健美了，普通话标准了，五官更加端正了。

最终，李小东选择了娇小可人的马丽娜，不为别的，只因马丽娜的父亲是省城某局局长。婚后，李小东的仕途平步青云。这个阶段的马丽娜在李小东的眼里怎么看怎么顺眼，怎么看怎么可爱。他觉得，她爱人身上有他人没有的光环，这种光环让人不言自威，走到哪里都是中心，她就属于太阳级的人物，大小星球就得自觉地围着她转。

三

他面前的人，没有异常吃惊，但惊异之情还是有的，张着的嘴吊起的眉毛就是证明。她将他的替换衣服和油光锃亮的皮鞋放在地上。

少顷，她缓缓说："这大概就是酒后吐真言吧！"说完，她的眼泪就下来了，吧嗒吧嗒就落在了地板上。

哎呀，李小东一声低叫，他轻拍了一下自己的脑袋说："该死！"

此时，他不但想起昨晚饮酒过量，还想起了张美丽，这酒就是跟张美丽喝的，此刻，张美丽俊俏的脸生动起来，俏肩，玉臂，酥胸等等。

"我们离婚吧！"眼前的这个"陌生人"说。

"什么？"

"离婚。"

"哦。"

四

今天他的位子已高过岳父。不久，岳父退了，有点病来如山倒的味道，马丽娜显然被感染了，她身上的光芒已经不再，他甚至觉得马丽娜对他开始低三下四起来。某天他应酬归来已是凌晨，一向嗜睡的马丽娜竟抱着遥控器在打着瞌睡等他。见他进来，她慌忙起身给他取拖

一盏灯的温暖

鞋，之后，去厨房热菜，菜上来了，她说这是她专门为他做的他最喜欢吃的几个菜。李小东有些诧异，"她什么时候学会了下厨房呢？"他想。

当然，他的回答也很干脆，他看着热气腾腾的佳肴说："我吃过了，你自己慢慢吃吧。"他这句话说得很平静，甚至还有些温柔。可是他分明看到马丽娜打了个冷战，表情萎缩起来，显得不知所措。

五

女儿的毕业典礼他们都来了，所有人的目光都围着他们父女转，他们齐说："虎父无犬女。"女儿像个骄傲的公主，频频与人举杯，所有人都因为他们的到来而笑得灿烂如花。这场景，马丽娜有点久违的熟悉。只是她觉得今天所有人的微笑都显得造作、夸张，这是她以前没体会到的。这些笑面如花的脸上的一张张嘴，仿佛是一个个无底的深渊，此刻，它们正冷飕飕地冒着寒气，这也是她以前没有察觉过的。

"妈妈，你怎么了？"女儿走来了，笑声朗朗，春意荡漾。

"妈妈，我给介绍一下，徐朗，您未来的女婿。"

"伯母好。"小伙子双手并立，一躬到底，表情谦卑得有些局促。

马丽娜忽然脸色大变，身体一阵摇摆，险些跌倒。

六

在女儿的婚事上，夫妻二人表现得出奇一致。只有五个字："坚决不同意。"而且不容商谈、毫无余地。

女儿说："都啥年代了，你们还有这样的歧视思想，农村孩子怎么了，他远比一些城里的孩子优秀得多。"

马丽娜说："婚姻是一辈子的事儿，你不能被一些所谓的'优秀'迷惑了。"

李小东说："我可以帮那孩子留在城里，好单位随他挑，但你不能跟他结婚。"

"这到底是为什么呀，你们不也是这样结合的么，不同样恩恩爱爱一辈子么？"

李小东闭了一下眼，没言语。倒是马丽娜突然笑了，她笑着回头来看李小东。

李小东的身体一个激灵，险些从沙发上跳起来，他觉得那笑像把刀，直插他的胸口，他还仿佛听到了传说中承载良知的器官破裂的声音。

第四辑　有种你就喊

> 人人都想有勇气，可是勇气又并非人人都有，于是乎这勇气就变成了夜晚的武侠梦，梦里可以飞檐走壁、闪躲腾挪，甚至还能指点江山激扬文字，但这毕竟是梦境，已触到现实就是鸡蛋碰到了石头，这才是真实的你。

"翟主席"

现在倒好了，那帮农民工住进"翟主席"的楼洞，且还跟她住对门儿，这下他们想不离开这个小区恐怕也不行了，我们就看热闹吧。

当那一大帮民工搬进"翟主席"住的那个门洞，我们就知道有"好戏"看了。

我说的"翟主席"并不是什么真正的主席，仅仅因为她姓翟，且爱管些别人不管和不愿意管的"闲事"而已，邻居们都开玩笑，说她比主席管得还宽呢。久之，大家就开始管她叫"翟主席"，她也不客气，听后哈哈一笑就点头应允了。

"翟主席"祖籍山东，颇得武松之风，别看她性格开朗，日常大大咧咧，可她的骨子里却有一股凛然正气。记得刚搬进小区，楼下有位业主为了方便自己，总把车子停到绿化带上，别人多是睁一只眼闭一只眼，顶多背后议论一番他如何不文明而已，况且物业公司还不管呢。可是这事儿"翟主席"偏管。那天，她带孩子下楼玩耍，正巧碰到这个业主将车停在草坪上。他刚停好车，"翟主席"就来到跟前，当看到业主把自己的孩子从后车厢里抱下来，她上前拉住孩子的手说，小朋友，阿姨问你，爸爸用车碾压绿化对吗？孩子看了一眼和蔼的"翟主席"突然想起什么似的对自己的爸爸说："爸爸，你不能碾压小草，它们还在睡觉呢。"这位业主一听，脸色瞬间就红了，只见他难为情地挠挠头，赶紧将自己的车子停到了远处的车位上。

还有一次，家长们都带着孩子在公共草坪上玩耍，她们发现一个窨井的盖子没有了，里面黑漆漆的深得吓人。其他的妈妈们都是反复提醒自己的孩子离窨井远一些，还有个家长牢骚，说这个盖子缺失都快半个月了，一直没人来修理。"翟主席"一听，火气就上来了，她把自己的孩子交给别人照管，自己径直去了物业公司。不一会儿，经理就和她一起来了。"翟主席"说，你看

一盏灯的温暖

看，假如你的孩子在这里玩儿你放心么，我们再假设一下，如果有人不小心掉下去受重伤甚至丧命，你这个经理怕要上电视呢。经理无言以对，当即打电话找人来修，三个小时后，这个窨井就完好如初了。

现在倒好了，那帮农民工住进"翟主席"的楼洞，且还跟她住对门儿，这下他们想不离开这个小区恐怕也不行了，我们就看热闹吧。原来呀，从去年开始这个小区搬进来一个群居户，两室一厅住了十几个人，由于人多，加上缺少管理，扰民的事情时常发生。和他们同住一个楼洞的业主都烦恼坏了。他们用尽了办法想把他们赶走，结果他们租期到了又搬进另一个楼洞，谁也拿他们没办法，大家叫苦不迭。现在他们搬到了"翟主席"这个楼洞，大家认为这应该是他们的"最后一站"了。

可是，出乎所有人的意料，这个楼洞依然很安静，并没有因为住进来十几个人而变得有什么异样。我们终于忍不住了，都来"翟主席"这里探口风，这次"翟主席"的回答却让我们所有的人肃然起敬。

她说他们刚搬进楼洞时，也是噪音很多，说话声响，有时候都半夜了还在楼洞内咚咚咚地走动，有时候还把垃圾堆在门口，终日臭气熏天。其实我也是受不了，可是我从另外一个角度想，也就释然了，想想看，他们从老家别妻离子地出来讨生活，干的活是最苦的，拿的钱却是最少的，他们不容易呀，再说了他们这样不是因为素质低，是他们还没有这个意识，有时候完全是个生活习惯问题，我老家也是农村的，有切身的体会，因为农村天宽地阔，大嗓门习惯了，又因为他们都是干体力活的，脚步也就自然重了。那他们现在怎么都"文明了"呢？她说，我登门拜访过了他们，给他们讲了一些在城里邻里相处的道理和应该注意的事项，他们听后都很吃惊，他们说我是这个小区第一个跟他们正面交流的城里人，之前的那些人除了指责就是白眼，根本没人提醒他们应注意什么，该如何做。现在好了，他们不仅没有噪音了，而且还专门指派一个人清扫楼道，从六楼到一楼，比物业公司的阿姨打扫得还干净呢。

我们听得伸直了脖子，大家根本没有想到，原来一个不好的事情也可以有个好的结果，只是大家从来没有也不愿意站在别人的角度建设性的思考而已。

三敲门

他说楼下的一个老太太，有事儿没事儿就来楼上转悠，还一只手拄拐杖另一只手背在身后，跟个领导似的，还说什么这里要注意，那里也要注意，真烦死人了。

话说胡秋原在丰舍苑买了一套六楼两室一厅的二手房。

这一天，刚拿到钥匙的胡秋原一家正兴奋地筹划着

一盏灯的温暖

如何装修。忽然，屋外响起了敲门声。胡秋原开门一看，只见门外立着一位手拄拐杖的老太太。老太太背有点驼，满头银丝，看年纪应在70岁上下。老太太神情冷漠地说："看来你们是这套房子的新主人喽。"胡秋原点点头。老太太又用拐杖重重地戳戳地面说："给你们说，我是楼下的，我希望你们装修的时候当心点，别影响了我的生活！"老太太话说完，没等胡秋原应承，就颤颤巍巍下楼了。胡秋原一家人片刻对视，刚才的好心情全没有了，他们心想：这老太太咋这样呢，说话一点都不客气，跟教训人似的。

半个月后，胡秋原的房子开始装修了。装修之前，胡秋原反复跟施工队强调，要他们按照政府相关规定文明施工，尤其是施工时间要严格遵守，决不能影响到左邻右舍的生活。

之后的每个双休日，胡秋原一家都会来装修现场转一圈，看看工程进度和新家的模样。这一天，他们刚来到新房，装修公司的负责人就来诉苦了，他说楼下的一个老太太，有事儿没事儿就来楼上转悠，还一只手拄拐杖另一只手背在身后，跟个领导似的，还说什么这里要注意，那里也要注意，真烦死人了。

他们正说着，虚掩的门被推开了，正是那位老太太。老太太见了他们也不招呼，就毫不客气地在他们屋里转悠起来，当她走进卫生间时，指着地坪说："我给你们交代过呀，这厕所的防水一定要做好啊，否则我楼下要遭殃的。"然后，她东瞅瞅，西望望，没发现什么特殊情况，又自顾自地下楼去了。

"你们看，你们看，我说的没错吧，遇到这样的邻居呀你们以后有罪受了，这个老太婆一看就很'刁'的，你看，进来招呼也不打，完全一副蛮横不讲理的样子嘛"。她刚下去，施工的负责人就牢骚起来。胡秋原心里也不舒服，可他还是温和地说："小张，请你不要这样讲，老人家年龄大了，咱们多担待一些，再说邻居嘛上来看看指点指点也没啥坏处，你们装修的时候多注意点不就好了嘛。"

三个月后，房屋装修验收完毕。又过了三个月，胡秋原一家欢欢喜喜地搬进了新居，可是就在搬进新居的第五天，出大事情了。

那天，胡秋原在卧室里收拾东西，老婆在卫生间里洗衣服，儿子在他的小房间里做作业。他们突然听到了敲门声，不，不是敲门声，简直是砸门声。胡秋原的儿子率先跑到门口，没直接开门，而是通过猫眼望了望，这一望不当紧，把他吓了一跳，他看见楼下的老太太满脸怒容地立在门口，边用手砸门，嘴里还喋喋不休地唠叨："你们这家人家搞得我没法过了，哼！你们不让我过，我就不让你们过……"

此时，正在收拾房间的胡秋原和在卫生间里洗衣服的妻子都出来了，问怎么回事儿。儿子有些紧张地蹑脚蹑手地来到他们跟前，手指着门外压低嗓门说："又是

一盏灯的温暖

楼下的那个'刁老太'，看她怒气冲冲的，不定又来干什么呢？"胡秋原说："胡乱说什么呢，什么'刁老太'，没礼貌，赶紧开门。"儿子吐了一下舌头，赶紧跑去开了门。

开了门，老太太也不看胡秋原他们一眼，也不脱鞋，就匆匆走向他们家的卫生间，当她看到洗衣机里的脏水哗啦啦地往地溢满一地时，老太太的火气更大了。她浑身哆哆嗦嗦地说："造孽呀，你们真是造孽呀，你们这帮外地人是不想让我活了呀！"老人说完，扯住胡秋原的衣袖就往楼下走，边走还边说："我就恐怕你们跟先前租房子的外地人没什么两样，装修时，我一次次来看，生怕再出什么问题，可是，可是你看看你们都干了些什么哟。"老太太因为生气和走得急，话说时气喘吁吁，胡秋原一家都懵住了，不知楼下到底发生了什么，估计不是一般事儿，否则老人至于如此生气。

老太太把胡秋原拉进了自家卫生间，然后颤抖着指向吊顶说："你们看看，你们看看！"这一看不当紧，胡秋原傻了，只见老太太家的吊顶不仅湿透变形，而且还有水哗啦啦地顺着从天花板的夹缝往下淌，整个卫生间里是一片狼藉。

胡秋原有点慌神了，看着老太太气得瑟瑟发抖的身体，心里十分内疚。胡秋原一边让妻子去物业报修，一边让儿子上楼取个手电筒来。不一会儿，手电筒拿来了，胡秋原找个凳子站了上去，然后移开一个天花板，他把手电筒探向里面仔仔细细照了。下来后，胡秋原像是做了一个重大的决定似的对怒气未消的老太太说："老人家，真是对不起，我现在就找人来修，保证今天给您修好，并把您的卫生间搞得干干净净。"老太太愤怒地说："那还用说吗，今天必须修好，否则你们以后别想过太平日子！我到法院告你们去！还有，如果还有啥损失，你们都要照价赔偿。"老太太说着话，还不解气似的用拐杖把地板杵得砰砰响。

物业公司的修理工很快赶来了，经过一番检查，修理工正要对老太太说话，胡秋原说道："师傅，你们赶快帮助修理吧，一切费用我来承担。"

两个小时后，漏水的问题解决了。第二天，胡秋原专门到装潢市场配了新天花板给老太太家换上，好在也没有造成什么实质性的损失，老太太脸上虽然不悦，嘴里也没再说什么，只是千叮咛万嘱咐，千千万万注意用水，要是再出现这样的事儿，我对你们可是真的不客气了。

这件事儿很快就这么过去了。这一天，是胡秋原儿子的生日，他们一家人刚唱完生日歌，正准备吹蜡烛，有人揿门铃，儿子跑过去一看，呀，吃惊非小，原来又是楼下那位老太太，而且老太太身后还立着一位人高马大的中年人。儿子没敢开门，他有些慌张地跑回来告诉胡秋原，胡秋原的老婆也紧张了，她看着胡秋原不安地说："楼下该不会又发生什么了吧？"胡秋原则平静地

一盏灯的温暖

对儿子说："别紧张，开门去。"

门开了，老太太和那个汉子站在门口，儿子以为老太太要发火，赶紧躲到一旁，可是出乎意料的是，老太太的表情很局促，跟犯错的孩子似的，她拄的拐杖抬了放，放了抬，一时不知道说些什么好。直到胡秋原唤他们进屋，老太太这才在汉子的搀扶下，换了拖鞋，进到厅里。老太太看着胡秋原一家人，嘴巴张了又合，合了又张，话没出口先红了眼圈。他说："小胡呀，是，是阿姨错怪你们了……这，这钱你们得拿着。"老太太说完话把原本就握在手里的一卷钱往胡秋原手里塞。

老太太接着说："小胡呀，你那天应该跟我说实话，也不至于让你们背黑锅这么久。"胡秋原说："老人家，您当时在气头上，我即使给您说，恐怕您当时也不会相信，总以为是我家装修不当给您造成的，再说了，人们不是常说远亲不如近邻吗，咱们楼上楼下的，这点小事儿又算得了什么呢。"

这时，老太太的眼泪下来了，她说："是啊，远亲不如近邻，这话说得好啊！你看，我都活了大半辈子了，怎么连这些个老理儿都不懂呢，以前阿姨太不懂事了，你们要谅解呀，不过，这钱你一定得收下，不然我这心里一辈子都过意不去啊。"

胡秋原说："阿姨，不如这样吧，钱我不要了，你看我们两口子工作都忙，早出晚归的，如果回来晚了，就让我儿子来您家做作业，您来监督他，如果再晚了，您就帮她热热饭什么的，这样我们两口子也能安心工作了。"

老人一听破涕而笑了，她上前将胡秋原儿子的头揽在自己的胸口说："那感情好呀，我都给我儿子说过多少回了，把工作调回上海来，实在不行把孙子给我留下也行，你看看，我整天孤零零一个人，自己都觉得脾气越来越古怪了，不过这钱你还是得收下……"此刻，一直未说话的中年人早已泪流满面了

此时，胡秋原的妻子和儿子都愣住了，不知道到底发生了什么。

原来呀，那天漏水不是胡秋原家造成的，是老太太自家的热水器进水管破裂开了。在这之前，胡秋原曾在去居委会缴纳有线电视信号费时，专门问询了老太太的情况，他了解到老太太是个独居老人，因为儿子、媳妇都在外地工作，很少与人交往，脾气古怪，跟左邻右舍都合不来，就在不久前她还摔伤过，行动也有些不便。胡秋原了解了这些情况，不禁对老人产生了深深的同情，于是当那天胡秋原发现不是自家的问题时，想想老太太一个人生活怪不容易的，于是乎，就趁机给她修好了，只是后来，老太太在外地当水电工程师的儿子回来探亲，临走时不放心，就又帮母亲去卫生间检查了一下，这才发现问题出在自己家里，她不但错怪了楼上的邻居，还让人家垫付了维修费，这不，她在儿子回外地之前上门道歉来了。

有种你就喊

他支支吾吾不知所言，心里肠子都悔青了，他没想到自己斗败了最强大的狮子，却就要落到这个小小的蜘蛛手里了。

大白天小偷翻过形同虚设的"红外线"围墙，溜进一个高档住宅区，他以物业维修人员的口气让一家人开了电子门禁，他怕被电梯内的摄像头拍到，便从消防楼梯上了楼，悄悄打开1802室的防盗门，蹑手蹑脚、贼头贼脑地进入，这下小偷被眼前的景象惊呆了。小偷自认为入行以来"阅"豪宅无数，换句话说好的房间装潢、摆设他见得多了，可他还是被眼前的金碧辉煌震惊了。天哪，小偷感叹之余不禁一阵窃喜，庆幸自己开对门了。小偷以自己良好的专业技能和精湛的开锁技术，很快地找到了藏在壁橱后的两只硕大的保险箱并将他们全部打开。

打开保险箱，小偷稍稍有些失望，因为里面现金不多，存折倒不少，但这些不容易兑现，即使拿走也几乎等于白纸，除此之外倒是有不少首饰啊、手表啊，还有十几本房产证什么的。这些对小偷来说都不是最佳选择，你想啊，对小偷来说哪有现金更让他方便的呢。

小偷想到这家人的奢侈摆设，不禁对这些手表首饰端详起来。没想到小偷还是个见多识广的主，原来，他看过一个时尚杂志，上面有世界十大名表排名，他很快认出来，手表里面有"百达翡丽""爱彼""劳力士"都是排在前十位的，剩下的首饰能从发票和说明书上也看出来端倪来了。这下我可发了！小偷感叹着掏出自备的口袋，将保险箱里除存折、房产证以外的东西一扫而光。

小偷刚到客厅正准备离去，只听"叮铃铃……"一阵响动，小偷顿感胸口一紧，双腿一软人瘫在了地板上，待响声过后，他才叫了一声"妈呀！"原来是电话响了。小偷缓了一口气，又抹了一把汗，准备起身，这时电话机里滴了一声，一个男人开始说话了："赵局长您好，我是鹏程集团的小张，感谢你的帮助，那块地皮我们已拿到，再次谢谢您的关照，祝您安好！另，1000万已到您账上，勿挂。"

哦，原来这家是个当官的，怪不得呢，小偷恍然大悟。贪官，准是个贪官，小偷心里骂着不觉义愤填膺，他的腰直起来了，脚步重起来了，在客厅里气愤得来回走动，仿佛这不是局长家，而是他家。临出门前，他又用厌恶和愤恨的目光扫射一周。他先看到一个肥头大耳的男人和一个徐娘半老的女人的合影照。接着，目光下探他发现玻璃茶几上堆着形状各异、颜色不同的水果，他毫不犹豫取了一个苹果，咧开大嘴，咔嚓就是一口。甜，真他娘的甜，小偷嘟囔着就去开门。

一盏灯的温暖

故事就是这么凑巧，这家主人回来了。小偷听到电梯口传来的调笑声和脚步声，原地停留了一下，他以为是隔壁的邻居，只是靠了靠墙壁，没想起躲藏。当听到开门声时，小偷刹那间由害怕到慌乱，竟然失去方向，本来就不是他家，这一着急自己也不知道往哪里躲了。只听"咚"的一声身后一个花瓶碎了，接着"扑哧"一声人被什么绊倒了。

屋里的动静加速了外面开门的速度。正当小偷想起往卧室里爬时，门开了。一个肥头大耳的中年人和一个光鲜亮丽的美女立在他面前。三个人同时"啊"了一声，惊恐得面面相觑。

到底还是主人明白的早，紧张地问了声你是谁，话一出口，他显然觉得自己的问话相当滑稽，接着又补充说："小偷，小偷。"小偷觉得今天要栽了，他口袋里的手表、首饰明晃晃的洒了一地，他还能解释出什么呢。

小偷手捂怦怦乱跳的胸口，脑袋转得飞快，他在寻找脱身之计。大门已被二人堵死，从18层跳下去肯定毙命……面前的胖男人也没闲着，只见他对身后的女人说："报警、快报警。"而他自己"抓贼啊"喊了一嗓子，兴许胖主人紧张，嗓子也紧的缘故，声音喊得并不高。

这时的小偷，哆哆嗦嗦站起来，弯起胳膊，勾起手指胆怯地指着胖男人想说句"别，别喊，"却说成了"喊呀，你你。"胖男人和准备拨电话的女人的表情一僵都愣住了，小偷真是个聪明的小偷，他马上意识到什么，又提高嗓门加了几个字说，你喊呀，你这个贪官！

小偷的话已出口，对面的胖子就呆住了，无语了。他弄不清小偷的来路。他片刻也口吃着说；"谁，谁是贪官。"

这下这个聪明的小偷认为已经摸清对方的底牌了，于是壮着胆子挑衅说："喊呀，有种你喊呀，你个大贪官。"胖男人懵了，神情有些木然。小偷接着说："不是贪官，你能买起这些好表，这些首饰，还有十几套房子，还有那些存折；不是贪官那个啥程集团的小张，会往你账上打1000万？有种你就喊吧，看咱俩谁判的时间长。"

胖男人脸色开始难看起来，脖子也粗起来，接着铁青的脸上夸张地说出一句话："滚，你给我滚出去。"

你别以为小偷会趁坡下驴，脚底抹油溜掉，这时的小偷显然没有离开的意思，他竟然在胖男人和美女面前坐下来，他坐在沙发上深深吐了口气指着面前的美女说：这是你的二奶吧，呵呵。

你你……胖男人话更结巴了，他面前的女人忽地环着他的手臂躲在他背后。"你别逼我！"胖男人的声音有些歇斯底里了。小偷意识到太过分了对谁都没有好处，于是他起身把散落的首饰名表大致收拾一下，回头到茶几上又取了一个大苹果，咔嚓，又是一大口，死命地咀嚼着向门口走去，中年男人石塑般杵在那里，任凭小偷招摇而过。

刚出门口，小偷又回头说"赵局长，88。"

一盏灯的温暖

小偷刚下两个台阶，只听"嗵"的一声，门被关上了。

此时的小偷甭提多得意了，他觉得他替全国人民出了一口恶气，他做梦也不会想到，平常在单位里一定耀武扬威的局长会是这般孙子模样。奶奶的，真解气，真痛快，痛快！

话说这个被胜利冲昏了头脑的小偷，竟然忘记了原路返回，他大踏步地顺着人流向外走，想想看，强大的局长都被他拿下了，他还怕谁呢。

然而，当小偷春风得意地来到小区大门口，笔挺立岗的保安向他索要出门证时，他清醒了，害怕了，开始六神无主了。他突然明白，他们的工资虽然没有局长高，但要管他这个毛贼，显然要比局长强大有效得多。他支支吾吾不知所言，心里肠子都悔青了，他没想到自己斗败了最强大的狮子，却就要落到这个小小的蜘蛛手里了。

其实，他身上的着装和手里的提袋刚出门就被保安盯上了，保安很清楚，这是个高档小区，进出的业主没有不开车的，更不要说穿得这般的寒酸了，即使他们业主的保姆也比他穿得阔气呀，再说了，进出的送水工都得办理出入证，而这个人什么也没有，且还东张西望着装出一副春风得意状，一准儿不是个好东西。

小偷正犹豫间，门卫室的另一保安也看出端倪来了，这家伙是拎着尺把长的警棍出来的，而且大步大步流星直奔小偷而来。

"跑。"这是小偷此刻唯一的想法。可小偷又怎能跑过地形熟悉而又立功心切保安呢，只见一个人猛追，另一个对着对讲机喊人，话音刚落，不知从哪里又冒出三个穿制服的来，眼看他们的合围之势即将形成，小偷急中生智，扯着嗓子狂喊："赵局长赵局长赵局长……"声音似狼嚎般直刺苍穹，喊声在各楼之间行成巨大的回声。

不一会儿，小偷被摁住了，尽管头被保安死死揿在地上，他还是大喊，这下词变了，他喊的是"赵局长救命啊，赵局长救命啊。"他每喊一声就会被保安揍一拳头，"我让你喊，噗；我让你喊，噗；把他嘴给堵上，别说局长，喊玉皇大帝也没有用，你这个贼种！"

小偷的嘴被堵上，还是一个劲的呜呜呜呜地叫。此刻他已经被保安用绳子捆上了，正被推往门卫室。其中一个领班模样的人一边让后出来的三个保安看看其他楼层有没有同伙，一边掏出手机准备拨打110，号码还没拨完，只听"啪"的一声响，手机被谁击落在地。另一个推搡着小偷的走的保安还没明白怎么回事，屁股上也重重挨了一脚。

保安们没想到小偷的同伙就在附近隐藏，刚才光想着兴奋，没有瞭望敌情。他正准备请求支援，一刹那，他们都愣住了，这不是18号1802的赵局长吗？

保安们被局长的举动弄傻了，全愣在原地，任凭他给小偷松绑。你们胆子不小，连我的乡下亲戚也敢绑，你们还有没有法律意识？这样绑人是犯法的！局长一席

一盏灯的温暖

话，胜读十年书。两个保安的脸色"唰——"都变了颜色，他们知道，这个业主发起飚来是够他们喝一壶的，别说他们，就是他们的经理一见到他也得点头哈腰呢。

小偷也被眼前的风云突变弄懵了，片刻他才回过神来，他满怀感激地对局长说："谢谢啊，赵叔。""没事，乖乖，你走吧。"小偷有些惊魂未定地揉着被打木的脑袋匆匆忙忙离开这个是非之地，走了十几米，才发现手里的口袋丢了，他回头一看，口袋在他"表叔"手里呢，这时的保安正给局长解释着什么，局长根本不听，骂骂咧咧地走了。保安们手足无措地回头看小偷，想祈求他的原谅，他们一个劲地给小偷鞠躬、举手，模样甚是滑稽。此刻的小偷也火了，偷鸡不成不说，头还被保安打出几个包来。愤怒之极的他跳起脚来骂道："狗眼看人低！"

再看眼前的保安们。呵，那模样，个个低着头，缩着脑袋，比被当场捉住的小偷的样子还狼狈呢。

钓

人群中一阵骚动，都将目光转向老张，此时的老张尽管将头缩进衣领，埋在双股间，人们还是看到他脖子上的通红。

南方的河不叫河，当地人称其为浜。

张家浜是上海的一条河，他位于浦东，是上海的母亲河——黄浦江上的一条支流。张家浜是一条景观河，今天的张家浜碧波荡漾、绿树成荫，鸟语花香。这自然成为人们休闲垂钓的好去处。于是，垂柳树下三三两两的垂钓人，就给如画的河道增添了一抹诗意。有时，一人的垂钓又会引起数人的围观，这个刚离开，那个又会驻足。观者多无语，或蹲，或站，或轻扭腰肢，抑或席地而坐。这时的垂钓人是春光明媚，一脸的自得和从容，观者则是春风扑面，一脸的恬淡和悠闲。

久之，垂钓者与观钓者成了朋友，有时还会彼此互递一支烟，说着天气，论着国事，什么小煤窑瓦斯爆炸，什么布什、奥巴马。

在众多垂钓人中，老张是钓技最好的，也是最受人尊敬的。据说老张原是做官的，不知何故已多年赋闲在家，但他一脸的威严和见多识广的经历让人由衷地崇敬。老张垂钓欢喜赶早，别人还在睡梦时分，他早已收获颇丰。看着老张鱼篓里黑黝黝的鱼儿欢跳，钓友们无不显露艳羡之色。有时，钓友们也埋怨，说这鱼儿大概和老张前世有交，否则，为何独他能钓到这么多鱼儿呢。每逢此时，老张总微笑着说，钓鱼要赶早，您在梦中自然不会有鱼儿跳上床来的。"可我即使来得早，也没您钓的多呀？"每逢钓友们这般不解，老张仍是微笑，一脸平和。有时，有钓友出主意，让老张参加他们的钓鱼协会，还说以他的钓技做个副会长是绝对没问题的。老张还是笑，说，名和利都是身外之物，较不得真的，否则，垂钓也就无趣了。

在众多观者中，有不少是晨练结束，赶往离这不远的市场买菜的。有时，看到老张鱼篓里鲜活的鱼儿，人们灵机一动，就说，老张，这鱼儿干脆卖我二斤算了，省得我去拥挤的市场。开始，老张显得很矜持，一脸为难，说这鱼儿是给老伴和孙子吃的，她们都说这鱼鲜，有味儿，不好卖的。可那人纠缠不放，说这鱼篓里多着呢，再说，您这不是还在钓吗？老张笑着依然摇头。于是，那人就趁老张一个不留神，捉起两条鱼，丢下十块钱，笑呵呵地跑了。老张就说，钱钱，钱拿去，您这太见外了。那人也不回头，一溜烟地跑回家去。有时碰到熟人，那人还会说，真正的绿色食品，味道可鲜着呢，仿佛此刻他已品尝到这鱼儿的鲜美了。这时，围观的人都乐了，指指点点地笑他。老张也只能无奈地收起钱来。后来，围观的人就劝老张，干脆带个称算了，反正您也吃不完，大伙儿就按市价给钱完了。老张却坚决拒绝，说那我不成了钓名沽利的商人了么，没劲。正说话间，保不齐又会重现刚才的一幕来，于是老张又喊，钱钱，钱太多了。那人同样是笑呵呵的头也不回地回家炖鱼汤去了。于是众人又笑，只有老张一脸复杂，甚至摇头叹息，仿佛受了委屈似的。

之后，这种事儿出多了，老张也就无法再说什么了。

渐渐，他对这种状况也默许了，谁想吃就丢下十几块钱，捞几条去。只是买鱼的不再像先前那样"抢劫"似地逃掉，而是认认真真地放在自己带来的塑料袋里，然后对老张点着头感谢几句，回家去了。老张也不再客气，默默收起钱来，继续垂钓，一脸安详。

日子一长，来这里买鱼的人多了，这时的老张总是说，少捞几条，某某和某某某等会儿也要来的，给人家留几条吧，吃完了赶明儿再来嘛！那人也听话，就少捞几条心满意足地走了。有时前脚走，后脚就有人来。先夸这昨日的鱼汤真鲜，再说菜场的鱼根本不能和这儿的鱼相比。有的丢下钱，去探鱼篓，也常会皱起眉来，鱼没了，于是，一脸的失落。老张看他们失望的表情，就安慰说，某某，留个电话吧，等钓了，电话给你，来人立刻露出笑容，甚至孩子似的跳起来，走出老远还不忘提醒老张记得通知他，甚至催老张快些钓云云。

在众多买鱼的人中，约翰父子是其中二位。约翰是德国人，在一家美国公司做执行总裁，约翰虽长得碧眼金发，却能讲一口纯正的汉语，是个十足的中国通。小约翰今年才七岁，在中国却已生活了六年，他现在在一家国际语言学校读书，同样能讲一口流利的中国话，见到老张他就爷爷、爷爷地喊。

约翰就住在附近的别墅群里，他们一家人都喜欢健身，当初和老张结识也是原于他们父子来此跑步。当时的约翰见到好多人看老张垂钓，甚感有趣，就和儿子驻足观看，却被先前的那种中国式的买鱼方式吸引和感染了。当看到从碧波荡漾的河水里钓出的活蹦乱跳的鱼儿时，他被这"绿色环保"的鱼儿给诱惑了，也试探着买了两条。没想到这一买还上了瘾，再来，就是一个劲地夸鱼鲜，真的与众不同。每次来买鱼嘴里都说："我老婆又让我来买鱼了，还说买不到鱼就让我别回去了。"约翰的幽默引起众人的笑。于是，就有人心甘情愿将鱼儿先让给他。有时，确实没鱼时，约翰会主动留下电话，让老张钓到后通知他。

在老张的影响下，约翰也喜欢上了垂钓，还兴师动众买了一套渔具，家什就摆放在老张旁边。约翰性急，一见鱼葶颤动就猛拉，结果忙活了一整天依然空手而归，这也间接影响了老张的"产量"。不但自己没吃上鲜鱼，还害得他人跟着遭殃。在众人的埋怨眼神里，约翰又坚持了一天，结果和昨天一样，两手空空不说，同样影响了老张。

老张就笑着说，年轻人钓鱼千万不能浮躁，得静下心来才行。约翰就摇头，说没想到钓鱼还这么多讲究。他从此偃旗息鼓了，并将这套不错的渔具送给了老张。只是他还是坚持来买鱼，有时自己来，有时候让儿子来。

那是个春风送暖，杨柳吐絮的周末，早早就有人看老张钓鱼。有人问早，有人附下身子，观看老张的战果，还不忘赞叹老张的钓技，那么短的时间又钓这么多了。老张答非所问地说："不早了，约翰一大早就捞去四条了。"于是，众人就戏谑这个"大鼻子"的小精明，他是怕来晚了买不到呢。

大伙儿正屏声静气地观战，远远看到小约翰拎着个袋子，满脸不乐意地走来了。小家伙，又来买鱼啊，没有啦，回去吧。众人打趣。老张乐了，慈祥地说，约翰，家里来客人啦？来，爷爷再给你捞两条。谁知小约翰一脸为难地不语。怎么了孩子，你爸教训你啦，来，乖孩子，等看到你爸，爷爷替你出气。

小约翰依旧不语，小脸却憋得通红。这时，众人发现小约翰的塑料口袋来有东西在跳，有人探头去看，"鱼——"接着那人就叫出声来。

你这是……老张也迷惑了。是不是你爸爸嫌这鱼小了，要换几条大的，来爷爷帮你换。老张说着去取约翰的口袋。没想到小约翰竟然慌忙躲开了。咦，这孩子咋啦？众人万分迷惑。

怎么啦？约翰，来给爷爷说说，老张又和蔼地问。

"我爸爸，我爸爸说……"满脸伤心的小约翰没说下去，没说完话的小约翰将口袋丢给了老张，转身就走。

"嘿——"这小家伙到底是怎么了，有人上前拉住他。看很难脱身，小约翰就看着自己的脚尖说："我爸爸说，这鱼不是您自个儿钓的，是市场买的。"此刻，小家伙的脸上竟然挂满了晶莹的泪花。

这孩子，咋能这样啊！人群中有人埋怨他乱说话。您瞧？小家伙恐大家不信，就取过两条鱼给众人看。果

一盏灯的温暖

然，鱼儿的嘴上一点伤痕也没有。这时的人们稍愣了一下，就取过老张的鱼篓看，只见里面的鱼儿有一大半嘴边什么伤痕都没有。

"啊……"人群中一阵骚动，都将目光转向老张，此时的老张尽管将头缩进衣领，埋在两腿间，人们还是看到他脖子上的通红。

一阵嘘声响起，大伙儿一哄而散，满脸索然无味。

从此，再无人见老张垂钓。

买车记

不知从哪里窜出十几个人来，话音刚落，他就被一个人高马大的汉子掀翻在地。

当王小科买的第三辆车被偷后，他决定不再买车。

王小科是今年三月份才搬进这个小区的，因上班乘车不方便，他决定买辆自行车。于是，他花 1000 元买了辆名牌车，这车就是好，骑起来格外轻快、省力。安全起见他还到车管所打了钢印，领了车牌、车证。可不到一个月车子竟被偷了，心疼得要命的王小科气势汹汹地找门卫室的"老头"兴师问罪，老先生眼皮半睁半闭着说："正常得很，这小区每个月总会丢几辆。"这句话差点没把王小科给气晕。

王小科的第二辆车是 500 元买的，结果只骑了两星期又丢了。无奈，他又花 200 元买了第三辆自行车，结果一星期未到还是丢了。于是，王小科发誓不再买车。

对门的邻居听到王小科的遭遇，给他出了个主意，说是每天清晨，天刚蒙蒙亮时，小区菜场的偏门有卖二手车的，便宜得很，说一般的新车也就几十块钱。开始，王小科不太明白卖车为何要在蒙蒙亮时进行，还那么便宜。后来一打听才知道，这是个见不得阳光的"露水集"，所卖的二手车都是"小路货"。

看看自己上班实在不方便，新车又不敢买，他决定起个大早碰碰运气。

这天，他来到市场的偏门，果然看到几个鬼鬼祟祟的年轻人立在那里，他们每人推着一辆自行车东张西望，还不时窃窃私语。给人的感觉不像是卖车的，倒像是立在那里闲聊的。看王小科走来，其中一个小青年上来搭讪，小声问他是否要买车，王小科称是，一听是买车的，刚才几个年轻人立刻围了上来，开始推销自己的车子。黑暗中，王小科虽看不大清车子的模样，但凭感觉车子都是新的。

王小科看中一辆，刚将 50 块钱交到其中一人手里。"都别动，警察。"突然，不知从哪里窜出十几个人来，话音刚落，他就被一个人高马大的汉子掀翻在地。

派出所里，王小科费了好大的口舌才将自己说清白，

一盏灯的温暖

还口口声声说自己也是受害者。问口供的警官没给他多费口舌，就以销赃罪给他定了性，让他缴1000元罚款，啊！王小科懵了，觉得这次亏大了。于是，又把自己也是受害者搬出来，请求警官开开恩。警官问他有证据吗？报过警吗？王小科摇头。警察就教育他说："小偷的猖獗一定程度上是你们这些贪小便宜的'消费者'造成的，如果他们偷来的车子没市场，小偷们也就不会这么铤而走险了。"

王小科一听就不乐意了，他说："凭什么怪我们呀，要是你们把他们抓净了，他们还会危害社会吗？"警察说："这些人犯罪情节并不严重，就是捉进去拘留几天还是会被放出来，出来后他们又会继续干。"还说，这次抓到的几个人每个都是"几进宫"的。

缴了罚款，走出派出所，他见几个警官在院子里给赃物拍照，本来王小科就很胸闷，看到眼前的自行车更来气了。忽然，他看到一辆自行车很眼熟，他上前仔细看看，很像自己买的第一辆车，他看了车把上的一串钢印号码觉得更像了。他心里一阵激动，急忙给媳妇打了电话，让她找找第一辆车的相关证件。开始，媳妇没听他的，问他死哪里去了，天都中午了还没回来。当他说自己在派出所时，妻子不再言语。不一会儿手机响了，电话里老婆报了一串号码，这下让他跳起来了，并一路小跑着去找刚才问他口供的警官。

警官觉得这事不可信，就让他拿证据来。后来，媳妇拿来证件，警官仔细对照了两遍，才一面好奇着，一边给他办理领车手续。期间，王小科问警官刚才的罚款可否免除，或者少罚一点。警官说这和销赃是两码事，虽然他是受害者，可销赃罪依然成立。警官告诉他，今后有事应及时报警，要相信人民警察，还说警察抓到脏车，会根据钢印号码寻找失主，就拿今天这件事，其实再过一个星期，他们就会通知失主来取车的，也不至于被罚了1000块。王小科觉得警察的话有道理，虽然头点得鸡啄米似的，但心里还是一万个不痛快。

王小科手推着车在老婆的唠叨声中回了家，经过门卫室时，"老头"关切地伸出头来问"小王，又买车啦，多少钱呐？"

你家的刀藏在哪儿

他们说完了注意事项，就开始脱衣，他们脱衣的速度奇快，像是在进行比赛，又像是裤子上着了火。

用李小光的话说，这世界除了太监没有不色的男人。

自然，这句话也适用于他自己。不过他和某些男人的区别在于，他不在男女关系上"乱来"，他是有分寸的人，他要追求百分之百的安全，因为他知道，这种事

一盏灯的温暖

的败露往往紧跟着家破，甚至是人亡。目前他对自己的爱人基本是满意的，只是在婚姻的樊笼里久了，没了激情，他需要新的火花来点燃业已消亡的"生命之火"。换句话说他吃厌了正餐，现在需要风味小吃换换口味，他知道，小吃永远是小吃，是绝对不能当正餐的。

江美丽正如她的名字那样长得美丽大方，江美丽的生活现状某种程度上跟李小光是一样的，都是在婚姻的生活里失去激情，他们都希望有朝一日能逾越道德去快乐的"坏"一次。所以，当某年、某月、某日，他们两个偶遇后就有了相见恨晚之意，他们都是过来人，在有些事上是不需要点破的。于是他们约定，这个星期四他们在江美丽家"不道德"一次。

江美丽的丈夫是个火车司机，开得路线长，通常是做三休三，这恰恰给了他们可乘之机。这个可怜的家伙只知道摆弄火车，却不知道有人正准备摆弄他的老婆。不过，我们这么说有点冤枉了这位司机朋友，因为他对老婆还是有所警惕的，好几次他跟老婆说去上班，却在老婆睡后悄悄回来，睡眼惺忪的老婆对他的夜归有些不解，他说是想给老婆一个惊喜，用来调节一下枯燥的生活。天知道他是不是不放心自己的老婆呢？

当然，这些话都是江美丽无意中给李小光提及的。那天，李小光声称单位有事需要加班，于是加到了江美丽家。两个人虽都在"当打"之年，却并没有"仇人"相见分外"眼红"之意。

　　李小光先是喝了一口江美丽泡的龙井茶，故作镇静和轻松地在她家里转了一圈，左看看，又看看，一会儿说她家的房子大，一会儿说她家的装修好。江美丽笑了，她说这房子是她自己设计的，家里那位除了摆弄机车可以，剩下的干啥啥不行。说到此她自己先笑了，笑得有些暧昧。

　　此刻，房间里的温度明显灼热了，空气中弥漫着无形的硝烟。咳，咳，李小光拳堵嘴巴轻咳两声，他觉得应该说些什么，尽管这种话有点废，他还是觉得应该做个声明，最好他们能达成某种共识。于是李小光开口了，他说："我觉得，我们这种关系应以不影响彼此的家庭为最高目标。""对对对，我也是这么想的。""我觉得即使有一天我们马路上相见也要形同路人，人多眼杂，别人会从我们的眉目里看出问题来的。""对对对，你说得真对。""最好大家不要随便通电话，如果必须时最好用公用电话打彼此的手机，如果接电话的不是彼此，最好声称某某局长在家吗？这样更容易蒙混过关。""对对对，你说得太对了，我正是这么想的。"

　　终于，他们说完了注意事项，就开始脱衣，他们脱衣的速度奇快，像是在进行比赛，又像是裤子上着了火。

　　突然，就在这个突然之后，江美丽就提及了上述无意中提及的那些话，她说："对了，有几次我老公曾悄悄地回来试探我，倘若他突然敲门，你不要惊慌，你可从窗户里跳出去，对面就是马路，很容易脱身。还有，你千万别走小房间，因为靠窗的桌子下有把长刀，那是他专门为小偷准备的，我是怕万一。你还是从阳台上出去方便些。"

"好好。"

"不过，你不用担心，虽然我爱人人高马大，可门是反锁的，即使他强行开门，你也完全可逃离。"

"好好。"

尽管他们赤裸相对了，尽管江美丽的身材好得没话说，李小光却没有了刚才的欲望，具体为什么他说不清楚，但他不能退缩，这毕竟是他的"第一次"，他不能让江美丽耻笑。

他有些僵硬地抱住江美丽。久久，没有任何进展。江美丽问他怎么了，他看了看通往阳台的落地窗说："你丈夫不会破窗而入吧。""不会的。他要是敲窗我假装睡了，稍微磨蹭一会儿你绝对能够脱身，再说，窗门我已反锁。"

"哦。"

"咦，你到底怎么了？"见到李小光还在发呆，江美丽忍不住问。

这时的李小光头上有了汗，他表情怪怪地说："对了，刚才你，你说，你家的刀藏在哪儿？"

巴　桑

孩子被倒动的车辆活活结束了生命，一股鲜血喷在我的脸上……从此，工作和生活中我再也不会笑了。

不久前，朋友次吉出了交通事故，约定今天去解决问题。朋友说我是搞文字工作的，逻辑性强些，非拉我同往。

还不到上班时间，交警队事故科门前就排起了长队，队伍中有拄拐杖的，有打石膏的，有裹纱布的，还有争争吵吵、推推搡搡的。

临近中午，终于轮到我们。调停室的房间布置得很简单，中间一只长桌，两边各放一条长凳。最里端是一把硬椅子。这时，肇事司机推门而入，瞧着进来这位衣着寒酸、表情迷茫，我觉得朋友的"敲诈"计划怕要落空。

警察进来，行进中翻看着资料，径直坐在最里端的椅子上。双方起立向警察谄笑致意。警察坐定，仍低头阅看笔录和相关资料。片刻，他头也不抬地说："都坐下吧。"。

朋友示意我这个代理人把"报价"递给警察。警察接过单子，刚看了几行就皱起眉，然后抬起头来，用严厉的目光"扫描"我。幸亏我没做过坏事，否则，就凭他这一眼恐怕我就要招了。

一盏灯的温暖

他这一抬头不当紧，我发现他极像我的一位大学同学巴桑。当然，绰号叫"笑面猴"的巴桑是无论如何也不能跟面前这位已经发福了的、目光如炬的"酷警官"联系在一起的，因为他在那曲工作。

"这，这，这，不符合'交规'规定；这，这，减半。"他的笔飞快如匕首般在我的单子上或画一下，或打个问号。警察的"霸道"让我心疼，因为这单子是我跟朋友合计半夜才出炉的。

让我诧异的是，整个过程警察并不对肇事司机说一个字。那人也老实，一直低着头，像是只要警察同意，这单他就照买似的。是不是警察收了他的好处？我想。

显然，悬殊的价格落差，令我们不能接受，第一次谈判就这么破裂了。

"丹巴。"

回单位的路上，有人从身后抱住我。一张灿烂得快要怒放的脸，使我的记忆立刻飞到了校园。

"巴桑！"

这太出乎意料啦！天呐！真的是他，我们可有好多年没联系了。

我们在靠近八角街的地方找了家小酒馆，我要了青稞酒，他要了酥油茶，他说下午还要当班。叙过好长时间的旧，我问："刚才你那么严肃，是故意装出来吓人的吧？"

他渐渐收住笑容，给我讲了一个故事。

　　他说："三年前，我在那曲第一次当班。那天，我接到指挥部指令，说一个路口发生事故。当我赶到现场，已有四个人在血泊中去世了，场面十分的血腥和恐怖。我当时万分紧张，先前书本上学到的处理程序都不知跑到哪儿去了。突然，我听到货车下有声音，看到一个不到两岁的孩子，卡在大货车的两个轮胎缝隙里，小手还本能地不断地抓扯着什么。我正手足无措间，司机不知怎的醒来，烂醉如泥的他，莫名其妙地发动了机器。就这样，悲剧在我眼前发生了：孩子被倒动的车辆活活结束了生命，一股鲜血喷在我的脸上……从此，工作和生活中我再也不会笑了。"

　　震惊于他的叙述，我好久没能回过神来。他接着说："后来，老同志对我讲，我们的工作是和生命打交道的，必须时刻慎重和沉稳。至今，我未必认为老同志的话完全正确，但这句话却牢牢刻在我的心上。虽然，队里没因此事批评我，不过，我常想，当初我要是具备一定的经验和冷静，也许那孩子还能活下来。受那件事的影响，我患了严重的心理疾病，还看过好久的心理医生，上级也决定让我退居'二线'，并调到这里。不过，现在好多了，下班时我就可以笑，上班时这张脸就会自动绷紧。有时候我会从梦里笑醒，醒来时泪流满面。我很怀念咱们大学时光啊！"

　　我问他恨过那些肇事司机吗？他对我笑了笑。"这得一分为二，绝大多数是好的。就像今天这位那日，多

一盏灯的温暖

少年都没违章记录了。用他的话说他家穷，他出不起事故，他父亲的病，和他家的生活来源全靠他和车养活呢。"朋友还说，上午他是按国家规定来的，绝没偏袒谁，就是上了法庭，也只不过赔这些钱。只是那人苦了，得一直赋闲在家，对他来说可是大损失啊！

不久，在我的"周旋"下，朋友的"纠纷"圆满解决，朋友还跟那人成了合作伙伴，现在有了生意第一个找他，朋友常对我说："这人真不赖，孝顺，诚信。"

一天上班，我的电话响了，是巴桑，他电话里说："感谢您对我们工作的支持！"他的声音是严肃的，这让我觉得，记忆中的"笑面猴"永远离我远去了。庆幸的是我们的社会多了一架"天平"。

偷 窥

他忍不住激动起来，同时感到愤愤不平。"肯定是一帮胡搞的人，正常的人不会这么早就干这种事儿。"

老白有了新的业余爱好。

现在，每个晚上只要身边没旁人，他总忍不住举起望远镜向周围楼房张望一番。尤其和老婆吵嘴后，他的这种欲望愈加强烈。现在老婆只要跟他一争吵，就会甩门回娘家，他也不去追，随便吧，管她什么时候回来呢，反正这日子指不定啥时候就散了。他觉得这世界顶他妈没意思的就数结婚了。

说来，他挺感谢那个拦他车的小贩，要不是他的卖力推销，他也不会买这个据说产自俄罗斯的"玩意"。

不看不知道，夜色真奇妙。老白真没想到这都市的夜色背后原来藏有这么多的秘密。比如，有的人家洗澡没关窗户，比如有的人家训老人如小孩，再比如有的人家在大厅里做爱等等。

原来掌握别人的秘密让人有种成就感，浑身会有无穷的动力。再见到此人时，他会笑，被笑的人走出好远，还不忘回头怪怪地看他。

老婆又回娘家了，现在的他心里更加笃定。他索性搬张凳子坐在阳台上仔细观望。

这一看不打紧，他发现下斜对面的春风酒店18层的两个窗口有情况：第一个是窗户洞开，一男一女肆无忌惮地"缠绵"；另一个窗口就比较含蓄了，拉了一层窗帘，有种影影绰绰的朦胧感。

他忍不住激动起来，同时感到愤愤不平。肯定是一帮胡搞的人，正常的人不会这么早就干这种事儿。"他觉得他此刻该有所作为，于是，他拿起电话："喂，110吗？春风酒店18楼的两个房间里有人卖淫嫖娼……"放下电话，他一阵坏笑，不觉又举起望远镜。

5分钟后，警车停在酒店门口。"哈哈，好戏开演了。"

一盏灯的温暖

不久，他看到第一个房间里一阵慌乱，女的拖被子遮胸，男的捂脸躲避摄像机。同时，第二个房间也是一阵慌乱，估计慌乱程度和第一间差不多。

10分钟后，两对双手抱头的狗男女被塞进警车，老白长出一口气，这才带着胜利的微笑回到卧室。

"喂，白先生吗？请问你认不认识李大头？对了，我是警署。"1小时后，他的手机响了。

"认识啊，他是我同事，也是同学，怎么了？"

"我们在假日酒店捉到他嫖娼，可他死活不肯说自己的单位和地址，后来我们在他包里看到你的联系方法，想核实一下。"

哦，好你个大头，原来你也有犯错误的时候！此刻的老白很想看看他的样，他决定去警署一趟。

警署的值班室里灯火通明，他声称自己是大头单位领导，来领人的。混进值班室，他看到李大头一脸死灰相，一个衣服凌乱、披头散发的女人蹲在墙角。看到老白进来，李大头的头更低了，差一点就钻自己裤裆里了。

平时在单位李大头出尽了风头，他们一起进的单位，这小子官也升了，房子也分了，而他自己呢，十多年了一直原地踏步，现在还窝在"鸽子笼"里。好多次跟老婆生气，都是老婆拿他跟大头比的结果。哈哈，这次你落我手里了，看我怎样整臭你。

他说："大头啊，大头，你说你混蛋不混蛋，你受党的教育这么多年，再怎么着你也不能出来找婊子啊。"

蹲在地上的李大头一听，身体立刻缩成了鸭蛋状。老白甫提多快意了。他接着说："我看这婊子还没你太太漂亮！"说着他仔细看了一眼龟缩在墙角的卖淫女。

这一看不打紧，老白噤叫一声疯狗一般朝墙角扑去。原来，那女人竟是他老婆。

生者的遗言

为了买房他节衣缩食，为了买房他日夜加班。可房价就像个逗他玩儿的跑步高手，眼看着他要追上了，这个高手嚼嚼几步又把他远远甩在身后。

"我有房子啦！！！"

当他在交易大厅撕心裂肺地高喊着，并将手里的一本草绿色的房产证抛向头顶的时候，没人觉得这个年轻人的行为怪异，相反的，他们向他投来了微笑，这微笑里有赞扬，有祝福，也有羡慕，因为他们知道能在这座城市拥有一套属于自己房子是多么的不容易，所以，当他们这一天真的梦想成真时再怎庆祝都是可爱的。

这个年轻人叫刘怀义，刘怀义在三天前接到了准岳母的电话，她说，算了吧怀义，刘怀义一听，犹被五雷击顶，他说，阿姨您再等我两年，再等两年，您是知道的，我是真心喜欢小瑞，我对自己的父母都没这样喜欢过。

一盏灯的温暖

准岳母没理会他，继续说道，还是算了吧怀义，我知道你人好，也很努力，可是有些事情不是仅有这些就够的，别怪阿姨心狠，啊，就算阿姨对不住你了……没等他说话，那头已是一长串的忙音。

刘怀义是一家房产中介的业务员，这个每天与房子打交道的年轻人有个梦想，那就是，在这座城市拥有一套属于自己的房子。

前些年，他的存款横竖能付个首付，那时他想攒得多一些再买，这样自己和父母的压力会小一些，他和父母都是乡下人，父母种地的年收入不够他在城里买巴掌大的面积，况且，他早些年住院时的贷款还没还清。

然而房价就这么一天天涨起来了，开始，作为从业人员的他不相信房子一直涨下去，总有跌的时候，这一点他坚信各类专家的话，他们一直喊拐点来了，拐点来了，就像那个喊狼来了的孩子，可是拐点不仅没有出现，反而像脱缰的野马一路前奔。当他觉得房价下降无望决定买房时，他的存款加上后来的积蓄已远不够首付了。

为了买房他节衣缩食，为了买房他日夜加班。可房价就像个逗他玩儿的跑步高手，眼看着他要追上了，这个高手噌噌几步又把他远远甩在身后。就这样，他的存款越多，离他的购房梦却是越远。

如果买房单纯是个梦想，那么近一点、远一点实现也无所谓，不过，自从他交了女朋友就不同了，未来的丈母娘给他的唯一的要求是一套房子，哪怕一室一厅也行，丈母娘给的期限是两年。

这两年来，他更加努力工作，他更加的节衣缩食，尽管他的业绩次次都是第一，可是房子离他依然遥远……

当刘怀义的父亲从乡下赶来看到儿子时，刘怀义正缩在床铺的一角，他脸色苍白，目光呆滞，他将一本皱了的房产证紧紧抱在怀里，一会儿哭，一会儿笑，嘴里反反复复只有一句话："我有房子了，我有房子了。"

一旁陪同的经理怕担责似的，喋喋不休地给刘怀义的父亲说着事情的经过。他首先肯定了刘怀义是个最优秀的员工，同时也强调了刘怀义近期的一些不祥的征兆：比如他时常自言自语；比如他带客户去看房，在钥匙插进锁孔的一刹那，他会说，欢迎参观我的家；比如每次陪客户领房产证，他喜欢把证握在自己手里，不情愿给客户；比如这一次，他把房产证攥在手里，不仅不给客户看，还大叫一声，把房产证抛向天空，然后捡起来就紧紧抱在怀里，谁要也不该给，我们这才觉出事情的严重……

父亲决定把儿子送进精神病院，在他收拾儿子的物品时，发现了一封信：

爸妈：

你们好。

当你们看到这封信的时候，我或许已经不是从前的我了，求你们不要难过，其实，儿子想到过自杀，但一

143

一盏灯的温暖

想到二老会痛不欲生，我犹豫了，今天我至少还活着，这也许对你们是些安慰，你们不要责怪儿子，儿子能选择生，却无法选择健康。

儿子求你们不要再把我送进精神病院，我知道，我这次犯病，怕是没那么容易恢复了，这样只会花尽咱们所有的积蓄。

爸妈，作为你们的儿子我很内疚，但想到总算给你们留下些积蓄，我稍感宽慰，所以，切记啊，你们千万别违背儿子的心愿，给儿子去看病，你们知道，你们爱我就如同我爱你们，如果你们晚年穷困无助，儿子将永生不得安宁！

再见吧，爸爸妈妈，不要为我难过，至少我还活着……

第五辑　顿悟

有些事总也想不明白，但想明白了又发现这压根就不算个事儿。但是大多数时候，我们总在想不明白上转悠，有时急得跳脚，有时候急得骂娘，却从来不知道这想不明白的本身就是件事儿。

顿　悟

"哎呀、哎呀、哎呀！！！"一个哎呀说了三遍，然后开始在厅里来回地踱步，他情绪亢奋，像一只被装进笼子的熊。

"哎呀、哎呀、哎呀！！！"

方松明是看市里的《新闻三十分》时突然顿悟的。那时候，他刚无精打采地从外边回来，像往常那样把包往茶几上一扔，人就陷卧在沙发里，他的一只手软弱无力地搭在扶手上，另一只手胡乱地一举，电视就开了。

一盏灯的温暖

就在此时，新闻节目开始了，而他的妻子也正好把晚饭端了上来。米饭在嘴里团来团去，目光散漫地停留在电视上——这是他一顿饭的常态，有时候饭明明吃完了，空碗和筷子却还在手里夸拉着，似在思考问题，又似眯着眼瞌睡。

妻子没言语，都快三年了，方松明一直都是这样的状态：死气沉沉、垂头丧气，抑或是一种极度愤懑而又无可奈何后的颓废与绝望。妻子知道多说无益，也只能寄希望于时间去抚平丈夫的痛楚了。

可是今天，他的妻子万万没有想到，就在丈夫死气沉沉地看了一半新闻节目的时候，眼睛忽然直了，圆了，他的身体猛地挺直，一只夹着筷子的手指着电视，另一只手里的饭碗哐当一声掉在地板上，由于情绪激动，他的两只筷子在手指间摇摇欲坠。

他的手一直举着，像是给妻子看，又像是给自己看。突然，他"啪"地一拍大腿，蹭地从沙发上跳起来，他说"哎呀、哎呀、哎呀！！！"一个哎呀说了三遍，然后开始在厅里来回地踱步，他情绪亢奋，像一只被装进笼子的熊。

此时，他的妻子虽没丈夫表现得那么失态，但脸上还是写满了惊讶，因为画面里出现的这个人她也认识，他们两家还曾互相走动过，可是电视里说他因为经济问题被"双规"了。

"哎呀、哎呀，原来如此，原来如此啊！"他又哎呀两声，继续来回踱步，时不时地拍打一下自己的脑袋，一双竹筷被他踩得噼啪作响。

"我要去还愿，我要去还愿，明天就去，明天就去！"他说。

从结婚到现在，妻子从未见丈夫如此失态过，他一会儿神经般絮絮叨叨，一会儿梦呓般自言自语。但他的表情是兴奋的，或者说是极度兴奋的。丈夫犹如换了一个人，眉毛也扬起来了，笑容也升起了，声音也轻快起来了，就像个孩子得到了他梦寐以求的玩具似的，就差在屋里蹦蹦跳跳了。

其实，三年前方松明本就是个春风得意的人，那时候他刚从领导的秘书，变成一家国企的一把手。初时，他年轻气盛，心高志满，把工作开展得轰轰烈烈，他决心在领导的庇荫下干出一番大事业。

后来，他开始在权力中沉湎，对企业内部出现的不同声音不屑一顾，直到有一天，公司全体员工联名给各级领导和纪委写检举信。不久，一个"工作组"下来了，三个月后，他被双开。

在这之前，他主抓的一个项目即将开工，为了期望工程能够安全竣工，他在一位"高人"的指点下，携公司领导班子去了九华山许愿，他们住在寺院，全程素食，参加寺院早晚普佛超度法会，以及虔诚地朝参每一座寺院。他许诺工程结束后再来还愿。可颇具讽刺意味的是，工程结束了，工程没出问题，人出问题了。

一盏灯的温暖

后来，他凭着之前经营的人脉，平安地到了另一家国企当了副总。而他的颓废也正是从这时开始的，之前，他在单位是一支笔，一言堂，一人之下，万人之上，而现在"二把手"和"一把手"虽一字之差，却天壤之别。

他在心里多次怨恨过那位"高人"，去许愿有什么用呢？到头来还不是一场空。他更怨恨的还是那位"高僧"，因为他曾求"高僧"点化前程，高僧说他的前途将有"波折"，但总的来说会因祸得福。可是这三年来，他是痛不欲生，福从何来？这"高僧"不是在信口雌黄一派胡言么。

知夫莫如妻，丈夫恨不能把"高僧"搬起来扔进垃圾桶，当然不会再去还愿了。可是今天，老公突然要去九华山还愿，且明天就去，这就让她丈二的和尚摸不着头脑了。

方松明在房间里翻箱倒柜地收拾行李，妻子百思不得其解，于是跟进来，问他缘由。方松明笑了，笑得跟孩子般阳光，他说，老婆，是我错怪"高僧"了。

"错怪？！"

"傻呀你，"他手指头点了点老婆的脑门，又左右看了看，悄声说道，"幸亏我'波折'得早啊，否则，要搁今天这形势，上电视的怕就是我了。"

喜从天降

刘克俭这才明白，自己遇到天上掉馅饼的好事儿了，他高兴得差点跳起来，连忙丢下手里的铁锹，从店里取出一包最贵的香烟，拆开，让给他们。

刘克俭做梦也不会想到，他这辈子会遇上天上掉馅饼的好事儿。

那是两个月前的一个下午，刘克俭正在备料准备翻盖自家的"代销店"。刘克俭的"代销店"临街，二十世纪八十年代建造，因那时砖头紧缺，外墙使了砖头，内墙用了土坯，在当时这叫"里生外熟"，三十年过去了，砖和土坯犹如脾气不和的夫妻——越过越远。

现在，墙体间的缝隙能塞进一个拳头，每逢大雨，混浊的水就像山涧的小溪从大大小小的缝隙中泻出，如果这事发生在诗人家里，他可能赋诗一首，可刘克俭是农民，他被这浑浊的雨水冲刷得心惊肉跳，他知道，每冲刷一次，墙体间的缝隙就会大一分，直到有一天它会轰然倒塌，所以，刘克俭决定在这个雨季来临之前把房子翻修一下。

就在这天下午，有辆小轿车在忙着备料的刘克俭的不远处停下，车上下来四个人，他们不说话，先是牲口贩子买牲口般围着房子转悠，然后有个人掏出相机一阵

一盏灯的温暖

噼里啪啦，完毕，那个拍照的小青年说："这是谁家的代销店？"

刘克俭一听，头皮就有些发紧，直觉告诉他，这不是税务局的，就是卫生局的。可他还是犹犹豫豫站起来，应了一声。

小青年说："你这房子被镇里列为危房改造工程了，接下来'危改办'会帮你改造，到时候请你配合一下。"

刘克俭一下子没弄清小青年的意思，心想，我的房子你们凭什么改造呀。小青年看刘克俭一脸茫然，就又说："由国家帮你改造。""国家帮……要钱不？""放心吧，这改造的费用从国家的专项资金里出，你不需要出半分钱。"

刘克俭这才明白，自己遇到天上掉馅饼的好事儿了，他高兴得差点跳起来，连忙丢下手里的铁锹，从店里取出一包最贵的香烟，拆开，让给他们，他们客气地谦让，然后上车一溜烟地跑了。

两天后，就有人来了，他们把"代销店"临街的外墙用白石灰仔细地抹了一遍，然后，把一张镂空的塑料纸贴在墙上，又取出一个蘸了红漆的滚轮在上面来回滚动几下，待取下塑料纸，墙面上就出现了两行红色大字——"政府实事，危房改造工程"。等他们忙活完了，拍了几张照片，还让刘克俭签了一个字，就走了。刘克俭这下彻底放心了，政府都登记造册了，自己就等着住免费的房屋吧！

可是他们这一走就再也没有来过。眼看雨季来了，刘克俭坐不住了，就去了镇"危房改造指挥办公室"，接待他的就是当初拍照的那个小青年。刘克俭说明了来意，小青年让他回家耐心等候，他说全镇那么多老房子呢，得有个过程。后来他又去过两次，人家的回答一模一样，刘克俭虽然心里嘀咕，但也表示理解，那就耐心地等吧。

可是雨季来势汹汹，雨水一场比一场大，这不，屋外电闪雷鸣、暴雨狂风，屋内的墙缝犹如机枪扫射过的水壶般四下泄水，屋内的积水很快过了脚踝。

"王八蛋，你说这不是坑人么？"

刘克俭的老婆一边用脸盆往门外泼水一边骂。

"不，不能再等了，咱不占公家这个便宜了！"此时的刘克俭发誓天晴了就修房，虽这样说，他还是决定最后一次到镇上问个清楚，他想，万一马上就轮到自己了呢。

刘克俭出门时，妻子没拦他，倒是他看着天上浓厚的云团，想回头对妻子叮嘱些什么，可是话到嘴边，他觉得不吉利，又咽回肚里。

刘克俭顶着狂风暴雨深一脚浅一脚地来到镇里，他直扑"危房改造指挥部"，可是走到跟前，他愣了，那块招牌不见了，原来的地方换成了"抗涝抢险指挥部"，他急急地敲了门，开门的还是那个小青年，半个月不见小青年不认识他了，问他找谁，他说明了来意，小青年说：

一盏灯的温暖

"哎呀，全镇的危房改造工作上个月就结束了，县里的表彰会都开过了。"

刘克俭一听就傻了，他说："我的还没改造呢，怎么说结束了呢。"小青年说这不可能，我们镇全部都达标了。为了对自己的话负责，他让刘克俭报了自己的村子和自己的姓名，然后从一个大柜子里取出文件夹，翻出了一份文件给他看。小青年的文件上贴着两张照片，一张是他家"代销店"改造前的，一张是抹过石灰后的，前一张照片墙体斑驳，老气横秋，后一张照片整洁清爽，焕然一新，小青年唯恐他看不懂，还指着表格读道："房主刘克俭，危房改造编号120，验收人刘克俭。"刘克俭果真看到了自己的亲笔签名。"这、这、这……"刘克俭吃惊得说不出话来。

"咔嚓——"

又一个响雷劈在头顶，整栋屋子都跟着颤动，窗外的雨点更密更大了。刘克俭突然想起了什么似的，转身就往外跑。他一边跑一边给媳妇打电话，也顾不得淋湿电话了。电话通了，他大声地告诉媳妇别在屋里待了，危险！雷声咔咔嚓嚓，媳妇问他说什么，听不清楚。他说别在屋里待了，危险！可是他的"危险"刚出口，电话那头就传来了"轰——"的一声巨响，手机断线了。

站在风雨里的刘克俭也不知道立了多久，只见身子一阵摇晃，脚下一软，人倒了。

同心锁

　　她看到很多来来往往的情侣，他们甜甜蜜蜜或庄严或恩爱地一起把同心锁锁上索桥，可谁又能保证这些亲亲热热、恩恩爱爱的情侣们的爱情保质期就一定比这把锁不生锈的时期长呢。

　　当同事们提出一起去三清山的时候，丁子芮没表示反对，尽管它会勾起她的伤心往事。

　　三清山果然名不虚传！这里处处翠叠丹崖，葱郁流丽，让如织的游人流连忘返。同事们一路欢声笑语，相机、手机拍个不停，唯有丁子芮始终郁郁寡欢，她甚至有意避开自己的团队，走在最后。

　　其实，在两年前她就有机会来这里的，那时候，程国华还在浙江一家锁业公司上班，他特意为他们设计了一把同心锁，他要带她把这把锁挂到三清山的某个地方，至于挂在哪里程国华卖了关子。

　　然而，丁子芮万万没有想到，母亲对她的婚事是一万个不同意，还说如果她一意孤行，她就碰死在她跟前。父亲倒没有直接反对，但他拿出了她的姑姑做例子，说她的姑姑当初也是为了所谓的爱情嫁到了山区，结果后悔到现在。

　　同时，母亲怕她像当初的姑姑那样私奔，结果武断

一盏灯的温暖

地决定不再让她回浙江打工，还收掉了她的手机。

当丁子芮以一己之力再也无法撼动父母的决心时，她也只能写信给程国华，她期望他能给自己拿个可行的主意。可是她做梦也没有想到，半个月后，他收到了程国华的回信，信写得极潦草："那，我们还是分手吧，因为，我家里原本是订了婚的，这次家人非逼我完婚不可……"

山势开始陡峭，她开始在护栏之间的索桥上看到三三两两、锈迹斑斑的同心锁，许多锁已经锈蚀得无法辨认本来的面目。这时，导游叫住了大家，他用手里的旗子指指说："前面就是'一线天'峡谷，这里高度近100米，斜长120米，峡谷宽0.7~1米，这里也是情侣们挂同心锁的地方，那接下来我要考考大家，猜猜他们为什么喜欢把同心锁挂在这里？"

丁子芮笑了笑，她觉得导游这样的言语蛊惑很无聊，就像好多景区喜欢杜撰出若干个神话传说欺骗游人一样。你看，当初程国华也不是说要带她来此挂锁的么，可一个月未到，他就抛弃了昔日的恋人和她人结婚，而且还换了电话号码，甚至连浙江的工作也不要了。

石阶越来越陡，行走越来越吃力，同心锁也越来越多，它们一团团无数个纠结在一起，形成一个个巨大的铁球。多数锁具已经锈蚀，有的明明近期才挂的，可随着阴雨，也开始出现锈色。

一路上，她看到很多来来往往的情侣，他们甜甜蜜蜜或庄严或恩爱地一起把同心锁锁上索桥，可谁又能保证这些亲亲热热、恩恩爱爱的情侣们的爱情保质期就一定比这把锁不生锈的时期长呢！

"哎，丁子芮，快来看呀，这把锁上有你的名字！"几个同事喊她。她笑，苦苦的，她说这世界上重名的太多了。不过，她随喊声望去，她看到不远处有一把金光闪闪的同心锁，这把锁在锈迹斑斑的"锁球"中显得那样的与众不同。"是刚挂上去的吧？"她问。"不是，好久啦。""哦。"这倒出乎她的意料。

走近了，才看得出这是一把外观别致质量优良的锁，两年了，上面还是金灿灿的，不仅没有要生锈的意思。此刻他不禁想起了程国华，那时，程国华还是锁具研发工程师，由于职业的原因，他们每次逛超市，程国华总喜欢去锁具货架看看，学学人家的设计理念，每次都看得认认真真，一个恍惚，程国华认真的神情宛若眼前，她的内心一阵痛楚。

她还记得程国华给她说起过不少锁文化，他说，锁具不仅是人类的生活用品，还是文化物，它代表着一个国家和民族不同历史时期的文化，他说锁具在中国已绵延了数千年，它和人类的私有制几乎同时诞生。当然，锁文化的外延也在扩大，同心锁就是例证。相爱的人把一个刻有彼此名字的同心锁挂在一个充满灵气的索桥上，期盼锁上的是一生一世。

"程国华！"她差点叫出声来，原来她把同心锁反

一盏灯的温暖

过来，只见上面赫然刻着"我爱丁子芮，祈求一生一世！程国华"的字样，而日期就是两年前。

她不禁起身四处张望，似乎某处正有一双熟悉的眼睛在默默地凝视她。

"现在大家知道了吗？"当上到最高处，导游问大家答案，却没人回答上来。"答案就在我们脚下，如果你是有心人，留心了台阶的阶数，你就知道了，一共299级，不多不少，299，答案就是它的谐音————爱久久！

"哦。"人群中传来低叫声。

大家开始围在一个凉亭的右侧买冷饮，亭子的左侧是一位锁匠师傅，师傅被一对对青年男女围着，他们都迫不及待地想把对爱人的承诺通过锁匠师傅的手刻在铜锁上，然后挂在这"爱久久"的锁桥上。

一阵风吹来，锁匠师傅的帽子被风吹掉，露出了一头乱发和被帽檐遮住的脸。

"程国华！！！"

丁子芮突然失态地惊叫出声来。锁匠师傅显然也看见了丁子芮，也一下子从矮凳上弹起来，可是，他随后又扑通一声倒在了一侧的平地上。

原来，这个人只有一条腿……

石桥作证

当他们叽叽喳喳地来到海棠峪的石桥下，他们看到他们的老板正和太太痴痴地望着眼前的石桥，而老板和太太眼里还泛着泪光。

旅游虽是淡季，可这里的游客并不见少，在弯弯曲曲的道路上，中年人扶幼携老，年轻人前呼后应，笑声不时从各个方向传来。

人在山间走，犹在画中游。任凭眼前的海棠峪美不胜收，他们却激不起一丝的兴趣。相反，他们的每一步，都迈得十分沉重。一路上，他们没说一句话，可是此行的目的已经告诉了彼此："咱们从哪里开始，也就从哪里结束吧！"

在他们的不远处有一对情侣，他们在不停地互相拍照留念，幸福的花儿在年轻的脸庞上绽放着。来，大哥大姐，帮个忙，男的跑过来叫住他们，甚至还没等他们同意，年轻人已经把相机和背包分别塞进他们手里，他们犹豫了一下还是帮他们拍了起来。镜头前的情侣恩爱地摆着 POSE，一个恍惚，他们发现镜头前的他们不正是去年的自己么，也就是在同一个位置，他们也请别人帮他们拍过照片。如今，昨日的情景历历在目，可是今天过后他们就要各奔东西了。

一盏灯的温暖

终于，他们来到了这个将要成为他们爱情终点的海棠峪尽头的石桥下。去年的今天，他们就是在这个石桥下确定恋爱关系的。

那时候她还兴奋地给他讲了一个关于这个石桥的传说，她说：从前有个叫石善的小伙子跟着哥嫂过日子，可是哥嫂为人刻薄，整天逼他上山砍柴。这天，小伙子又独自上山砍柴。一直砍到晌午，才把破了的上衣脱下来，挂在树枝上，自己坐在石头上休息。他自言自语道："如果母亲在世，我的衣服早被缝好了。"语音刚落，突然，就见一个美丽的姑娘来到眼前，她拿起他的衣服说："你的衣服我来缝好，以后你就不用为这事情发愁了。"说完，那姑娘就不见了。

不一会儿，那姑娘又出现在他面前，手里拿着那件已经缝好的衣服，小伙子赶忙上前，一边接过衣服，一边说："你是谁？为什么帮我缝衣服？"姑娘说："你不要怕，我不会伤害你的，我是一只狐狸，在山上修行成精，因常常见你上山砍柴，日子久了，不知不觉生了同情和爱慕之心。"话没有说完，姑娘便羞涩地低下了头。后来他们便成了婚，在这山上过着幸福的生活。

可是他当时不知道，这故事还有后半部分，那就是，那姑娘的母亲不同意他们的婚事，因此提出了"成全"他们的条件，说他们在两峰上各站一边，如果伸手能够够到彼此他们就可以结婚。而现实犹如故事的翻版，她的母亲对于他们的婚姻也是有条件的，那就是房子，什么时候买得起房子，她再把女儿嫁给他。这个故事的结尾是鲁班帮助了他们，鲁班在两峰中间修了一座石桥，就这样，两人在石桥上相会了。可是，他生活中的鲁班又在哪里呢？

他知道，她是个孝顺的孩子，他也知道她母亲的条件未必都是错的。他不想让她为难，于是他想到了这个主意，那就是再来"野三坡"同游一次，怀念也好，祭奠也罢，就让这次重逢变成一次分手吧。

石桥就在眼前了，桥上绿草茵茵，桥下薄雾缭绕，古怪的石头像个愁眉苦脸的老者，看着眼前的这对不幸的年轻人。他们默默无言，双手相执，他们仰望着曾经相互偎依、山盟海誓的石桥禁不住泪流满面。

对不起，她说，只怪我们生活中没有"鲁班"。

不，我们生活中曾有过"鲁班"，只是，她被我拒绝了。

她有点不解地望着他。

事到如今我也就不在隐瞒你了，你还记得经常开着跑车来学校找我的那个学姐么，她曾给我开过条件，说只要我跟她三年，她就把她名下的房产给我，而且还会给我处在困顿中的公司注资。喏，他打开手机，给她看了一年前的短信。那时候他正在追她。

你，她有点吃惊，你从来没给我提及过？

那是因为我始终坚信凭自己的才智能够给你幸福，可是，大约是我错了，因为更多的人是相信房子就是

一盏灯的温暖

幸福。

凉风习习吹来，吹断了她脸上的"珍珠"……

多年后的一天，一大群年轻人来"野三坡"旅游，当他们叽叽喳喳地来到海棠峪的石桥下，他们看到他们的老板正和太太痴痴地望着眼前的石桥，而老板和太太眼里还泛着泪光。

于是有个年轻人说："陈总，我给你们一家三口拍张合影吧。"年轻人的幽默把所有的人逗乐了，而这个被称为陈总的人下意识地扶住了太太那隆起的腹部，脸上荡漾着幸福的光。

看　病

进院的大凤突然不骂了，低头在找什么东西，她先是操起个木棍拎了拎太轻，丢下了，眼睛继续在院子里找寻。

1

出了大门口，王月荣犹豫了。动员谁呢，谁愿意去呢？

王月荣的动员工作果然进展得很不顺利，她顺着大街走了大半截庄子，遇到的人不少，任她巧舌如簧说得口干舌燥，始终没一个人愿意去。他们不是说自己没病，就是说这年头都知道医院是个屠宰场，没病也能刮你二两油，不会有这等好事，再说了，要是真有个头疼脑热，去村卫生室抓几片药吃吃也就行了。

但是，村里另一个不争的事实是，这些年村里人只要查出大病来的几乎都是癌症，个个都是晚期，然后在床上躺不多久就形容枯槁地走了。就拿马老五来说吧，得了肺癌天天疼得在床上没命地叫唤，全村都听得到，瘆得人整晚整晚睡不着觉。想起这些，王月荣不禁打了个寒噤，仿佛那癌细胞正在她体内蠢蠢欲动。

石磙婶子就是在这时进入她眼帘的。论辈分，石磙婶子是她丈夫李福生的一个旁门婶子，她的老伴死得早，现在和儿子四清分家另过。本来，王月荣是不打算动员她的，她知道老婆子一个人生活，终日神神经经，唠唠叨叨，让人看了就反感，搁在平日，她懒得用眼皮夹她，今天不同了，还缺一个人呢，她顾不得那么多了。

2

"哎呀，我的老婶子，几天没见您咋病成这样呢，四清媳妇没给您去看看？"正罗锅着腰几乎趴在地上收拾柴火的石磙婶子，听到这个几乎带着哭腔的声音忙起身，见是王月荣，她有些意外，片刻，回应说："我没病，年纪大了呗，就这样。"

"啥就这样，又是您媳妇给您说的吧，您看看婶子您，您的腰都弯成啥样啦。"

"我年轻时就有点驼背。"

"啥年轻时就有点驼背，我还不知道您年轻时是啥

一盏灯的温暖

样子，您说说，咱村里哪个媳妇有您当年的模样俊，那身段，那脸庞，啧啧。"石碌婶子有些不好意思地笑了。"哎哟哎，再看看您这会儿，老恁快就不说了，您看您这脸色，是正色吗？您还说您没病，哄谁哩，不信您自己回家照照镜子，我哩娘唉，您的命可真是苦啊。"王月荣用衣袖抹了抹眼角接着说："您知道吗婶子，俺娘就是您这个年岁去的，那时也是脸色老不好，我们都以为没啥，年纪大了，可谁知道不几天人就走了，走的时候几个孩子都不在跟前……"王月荣说着话又抹了眼睛，这次更长些。

石碌婶子有点艰难地直了直腰，刚想起身，又被谁摁住了脖子似的，被迫弯下去。其实，上个月她刚跟媳妇大凤到县人民医院检查过，那时她老觉得累，四肢无力，睡不着觉，还净做梦，一梦就梦见那些死去的人，你说说活着的人咋就不入我的梦呢，她琢磨着自己肯定有病。

她把自己的担心给大凤说了，大凤说年纪大了都这样，睡眠越来越短，身体越来越没力气，这是正常的生理现象，杂志上就是这么说的。石碌婶子急了，她说大凤啊，你看看书都知道我有没有病，那县医院咋不让你去坐堂呢？

大凤觉得婆婆的神情不对，不敢多说了，因为四清每次打电话都问母亲的情况，他还不止一次地对大凤说，他很小时娘就守寡了，娘为了他一辈子没改嫁，一辈子过得苦啊，我不在家可不能苦了娘！大凤还真怕婆子得了啥病不能向丈夫交代，他知道四清的牛脾气，要是因为她婆子有个大的闪失，四清不活劈了她才怪呢。于是她就带婆子去了县人民医院。结果，医生讲的跟大凤猜的差不多，医生说老人年纪大了，多注意营养不要过度劳累，医生还说从心电图报告上看，还有些呼吸性窦性心律不齐，其实是窦性心律不齐中最常见的一种，多发于儿童和老年人，是随着呼吸出现心律不齐的现象，属于正常的生理现象，总之，老人没什么大问题。

　　此时不同了，经王月荣这么一说，她觉得身体沉重，头晕目眩。她想，人家一个外人还能看出我的脸色呢，难道大凤看不出，不对，肯定是大凤向自己隐瞒啥了，到底隐瞒了啥呢，不是该交的钱都交了吗？这时，她忽然想起检查结果是大凤拿给医生看的，医生的话是大凤给她复述的，当时大凤说她上下楼的不方便，她自己去就行了。石磙婶子就把这件事儿犹犹豫豫地说了出来，想让王月荣给做个判断。

　　"我的大婶子哎，您真是傻得睁不开眼了，您也不想想，检查检查才几个钱，买药才是大头儿呀，她没给您拿药吧？""没有。""这不得了，她是怕浪费钱，检查检查只是想稳住您，您又不是不知道四清媳妇是个啥人，她舍得给您花大把的钱看病？说不定您还真有大病哩，不然医生咋不当面给您说？现在医院都这样，有了大病不给病人讲，先给家属说，你不记得王庄的王明义了么？查出了肝癌，除了肚子疼和肚子胀得赛个鼓，

一盏灯的温暖

他到死都不知道自己得的是啥病呀。"

这下石磙婶子彻底相信自己有病了，她觉得王月荣说得合情合理，比如四清媳妇确实不咋地，有一年给她兑口食，300斤小麦被她筛出10斤土来，想想看十斤麦她都舍不得，她会花大把的钱给自己看病？还有那个王明义确实如王月荣说的那样，因为王明义还是她自己的一个拐弯的表叔呢。

3

确信自己大病缠身的石磙婶子，开始觉得自己喘不过气来，甚至觉得自己立刻就要死了。此时的她有千般恨，万般怨，她没想到自己的媳妇会骗她这个快死的老婆子，她绝望了，自己的亲人都指望不了，她还能再指望谁呢？她犹如风吹的浮萍，整个身子摇晃起来，她想着老伴去得早，她一个人一把屎一把尿省吃俭用把四清拉扯大，给他成家……想着想着，不觉悲从中来……她哇一声哭出来。

"哎、哎"王月荣惊叫着，用力搀住石磙婶子，"婶子婶子您千万别动气，再说您也不能确定自己生病了不是，您看，我也不是医生对不对？"看看时机成熟了，王月荣凑到她耳边悄声说："县里新开了一家医院，现在正举行义诊活动，不仅给免费检查身体，还免费车接送，明天您一大早到我家来，我陪您一起去，检查下来没病最好，要是真有病，你把检查结果给大凤，我就不相信她还不管您。""可，她要真的不管咋办哩？""反了她了，孬好还有四清呢，我就不信四清管不了她，大婶子您就放心吧，一切还有我呢。"王月荣把自己的胸脯拍得响响的。"她大姐，您真是个好人呀。"石碌婶子被王月荣感动得手足无措。

4

王月荣动员其他村里人看病时，大家都犯过思想的，一是觉得医院免费给人做检查这事太不靠谱，再者大家对王月荣的人品都很清楚，大家在一个村子生活几十年了，谁还不知道谁呢。

王月荣夫妇是村里出了名的"老尖头""老鳖一"，也就是城里说的小气、吝啬。按理说他家并不缺钱，王月荣的丈夫李福生是个退休海员，据说退休金比县长的工资都高。王月荣呢在学校对门开了小卖铺，专门卖些稀奇古怪、质量低劣的玩具和食品来哄小孩子，如此一来虽说不上日进斗金，但每月赚个千把块钱不成问题，他们家在这个还不富裕的小村是毫无争议首富。

自李福生当海员开始，每隔一年半载都要回家探亲一次，但直到他退休，村里的成人从未抽过他一支烟，村里的孩子从没吃过他半颗糖，到是好烟屁股、糖纸经常从他们院子里扫出来。有时，村人半认真半开玩笑地说他们是"老尖头"，这时，王月荣总扬着脸阴阳怪气接过话说："你不尖？你不尖你给我 100 元。"

话说回来，但凡小气的人就特别爱占个小便宜，这便宜能占的也占，不能占的也要占。有一次，村干部通知人家去村部领东西，唯独没通知她，王月荣来气了，心说这不是欺负老实人么。她冷着脸来到村部，并说明来意，一院子领东西的年轻人笑得都快趴下了。原来他们领的是"计生用品"。

有人打趣说："怎么老王，您老的月经又回来啦。"要搁别人，脸早红得跟猴皮股似的找地缝钻跑了，这王月荣就是王月荣，只见她面不改色大踏步地走到一堆药具前，双手抄起十几盒避孕套说："咋，不中？"那人说："中，中，可你拿恁多，这跟福生哥每天弄三次也用不完呀。"王月荣边走边说："俺用不完回去当气球吹不成啊。"还别说，第二天，避孕套就真让她摆在了柜台上。为吸引小孩子消费，她自己还在那儿鼓着腮帮子边吹边示范。好家伙，那段时间每到课间休息，整个校园都是白花花的"大气球"，弄得女老师们异常尴尬。

5

王月荣去看病的决心是早上看电视时下的。那时，李福生正挥着个蝇拍子满屋子的追苍蝇，而她欠着屁股坐在板床的边沿嗑着瓜子看电视。

"唉唉唉，快来、快来。"王月荣叫起来。

"啥事啊！"

"你看，你看呀？"王月荣有些激动的立起身指着"大背投"。

电视里在播的是个广告宣传片，内容是县里的一家医院周年庆，举办义诊活动回馈社会云云。李福生头歪了半天，没瞅出有什么名堂。他斜睨了一眼王月荣，抽身想离开。"别走啊，你看，你看。"王月荣一把把男人拉回来。

这下，男人终于看出些端倪来了，那是在屏幕的下方滚动着的一行黑字，上面说医院为回馈社会厚爱，决定搞一次免费义诊活动，为了方便广大农民患者，只要一个电话，医院就派专车去你家里接诊，而且部分检查费用全免，接下来免费检查的项目范围和一连串电话号码。

"我想去看看我的胃。"王月荣啐掉唇边一片瓜子壳说。

"上次胃镜不是没事吗？"

"最近觉得还是不舒服，我想去复查一下。"

准确地说是王月荣看到"免费"两字胃里才忽感不适的，她记得上次在县人民医院做胃镜花了150多块，还痛苦的不得了，刚才电视里说这家医院有无痛检查设备，不如趁机再去复查一下，想着这些，她的胃愈感不适，甚至开始隐隐作痛了。这种疼痛反映在脸上就成了抽搐。见此情景，男人不再坚持，他知道再坚持也没用，于是知趣地拍他的苍蝇去了。

王月荣拨通了早已谙熟的号码，电话那头的声音甜甜的很好听，问她家住哪儿，哪里不舒服，村里一共来几个人。王月荣说我哪里不舒服给来几个人有关系么？接电话的说，你们村离我们医院路程太远，我们有规定，

一盏灯的温暖

农村地区的至少二个患者以上才能派车。王月荣一听就不乐意了，她说你们这不是忽悠老百姓吗？接电话的人也不着急，依旧给她甜甜的解释，说我们广告里讲过的呀，不信你再看看电视。王月荣挂了电话，等到下个广告段，果然是讲过的，原来人家没忽悠她，她自己光顾想着"免费"了，接下来的"注意事项"没能注意到。

放下电话，王月荣有点心神不宁，她总觉得这次免费检查不能错过，越这么想，胃里越不舒服，越不舒服她去检查的愿望就越强烈，她有些痛苦地捂住自己的胃蹲下身子，她想这老毛病肯定复发了，刚才不是还好好的么，这会儿咋这么疼呢？

其实王月荣真没啥大病，但她有钱，这年头人一有钱命就显得金贵，命一金贵，病就多了，那些屁疼蛋痒的小事都成大事了，今天跑这医院，明天找那专家，整天提心吊胆地忙得不亦乐乎。

整个上午王月荣都是在惴惴不安中度过的，中午饭也不做了，躺在床上"哼哼唧唧"。男人知道媳妇的脾气，只要占不到便宜，就是这个死样子，只是表现的形式不同罢了。

男人说，你想去，去啊。可，可他们至少两个人才肯发车呀。王月荣回答的声音很微弱，还带着颤音。那你去动员一个人同去呀。哎呀，对呀，我咋没想到呢？王月荣"啪"地一拍大腿，"噌"地下了床，"噔噔噔"地出门了。

6

动员石磙婶子时王月荣是这样想的，先凑够人数再说，到时候检查下来她不拿药谁也拿她一个老婆子没办法，再说了死老婆子一顿能吃三个馒头喝两碗汤，她能有啥病。

在医院的内窥室里，王月荣如愿以偿地享受了无痛的胃镜。同时，进去之前她没忘记告诫石磙婶子，拣免费的项目检查，千万、千万别拿药，这里贵，拿好检查结果，回去让大凤做主。

王月荣的结果出来了，跟上次检查的差不多，她经常看病，各种单子都会看，心里有数。可医生说她的胃不容乐观，而且有溃疡的可能，严重的话可能转成胃癌。她明白医生的意思是想让她拿些药。她说不用了，你给我开瓶维生素吧。于是，王月荣花了一块两毛钱。

在另一个病房里一个眼睛小小的医生正神情严肃地看着石磙婶子的心电图报告，由于表情严肃，本来又小又细的眼睛，现在看起来像是眯着眼睛睡觉。心律不齐！心脏有问题呀！医生说这几句话时，用一只圆珠笔有些沉重地敲击着桌面，像是在敲击丧钟，中间的停顿很长，说完就皱着眉看看石磙婶子，给人的感觉不是读结果，而是在宣判，宣判一个人的死刑。石磙婶子的脸色由苍白到蜡黄，呼吸急促，身体怕冷似的瑟瑟发抖，两只手紧张得不知往哪里搁，双腿几次屈膝，要不是强忍着恐怕早就瘫在地上了。看来大凤真是向她隐瞒了病情呀，

一盏灯的温暖

要不是王月荣带她来检查，她还蒙在鼓里呢。想到这里，她强忍住眼泪，嘴巴张了合，合了又张，她用尽了全身的力气才哆哆嗦嗦说出一句话："我，我还能活几天？"

显然，医生对于石碌婶子的这句问话没有心理准备，他顿了一下，严肃的表情有些缓和，他问："您的儿女跟来没有？"石碌婶子摇头。"哦，是这样，其实没您说得那么严重，不过一定要用药，否则以后可就麻烦了。"医生说得有些含糊，没说到底是怎么个麻烦。石碌婶子紧张得只知道咬着嘴唇点头。医生不再说话，开始低头开方子。这时的石碌婶子没刚才紧张了，却把王月荣给她说的话抛在脑后，一种生的本能促使她一次次重重地点头，她此时坚信，也只有药才能挽救她的生命了。

当王月荣找到石碌婶子，医生已经密密麻麻地写了半天，王月荣眼疾手快，上前摁住了医生的手，医生被她的举动吓了一跳，并用力将手抽回，有些厌恶地瞪着她。王月荣并不理会，她回头使着眼色问石碌婶子带钱了吗？石碌婶子点头。王月荣一愣神，医生的笔又开始写起来。医生刚写了几行，王月荣觉得不对劲儿，又手势止住了医生。她回头再问："婶子，您带多少钱？"石碌婶子说："不少，50呢。"王月荣一听差点笑出声来，于是很放心地立在了石碌婶子身后。医生的脸色难看起来，小眼睛上下眨了眨，脖子左右扭了扭，好像领口太紧了，令他的脖子很不舒服。过了一会儿他无限忧虑地叹了口气，他望着石碌婶子却对着衣着考究的王月荣说，你婶子的病很严重啊，如不及时治疗，恐怕……医生没说下去，他转过头来看着王月荣说，你喊她婶子，想必你们关系不远，难道您就不怕她有个啥闪失的，难道你就忍心看着她老人家……医生的话再次省略，小眼睛充满同情地回过头来凝望着石碌婶子。

"她大姐，"石碌婶子含着热泪，身体一个趔趄扑通一声跪在王月荣跟前，"她大姐，求求您，您救救我吧，我这条老命全指望您啦！"

看着老泪纵横、声嘶力竭的石碌婶子，王月荣懵了，不帮吧，她也怕石碌婶子真的查出来什么大病，看老婆子现在这个死样子，万一回去的路上真有个啥闪失，她是跳进黄河也洗不清呀，再说了她们家母夜叉一样的大凤和那个孝顺的壮得牛一样的四清是不会放过自己的，她开始后悔自己让她跟自己一起来，要是帮吧，看眼前这情势她自己身上带的钱肯定不够。

王月荣一边看石碌婶子，一边看医生说："我就带这么多钱，真就这么多。"她说着话把自己的一个个口袋翻转过来示众，证明她是诚实的。其实她的"大头儿"都缝在了内裤上，她出远门一向如此。

"多少？"

"300。"

"那好吧，先拿350吧。"医生一边低头有些不情愿地修改着处方，一边不抬头的给石碌婶子说："大娘啊，您老这病不能耽误啊，钱啥时候都能挣，可是命只有一条。"医生住了笔，用笔尖点着处方粗略地算了算，然后用手抵住笔尖温和地问："您老家里还有些积蓄吗？""有。""那好，现在药价大概 380 左右，实在是不能再减了，这样吧，看您怎大年纪了，这 30 块钱我先帮您垫上，你回去把钱给司机就好了。"医生最后口气为难地说："大娘，其实我们医院有规定，是不允许医生这么操作的，别说你这病了，就是前天一个出车祸的，因为找不到家属和司机，结果怎样，活活地死在医院门口了，我们医院也是没办法呀，一年碰上几个，你说我们咋弄，所以这钱您一定给司机带回来。"石磙婶子感恩戴德地频频点头。

7

上车时，王月荣看到石磙婶子拎着大包小包的药，心里彻底回过味来，到底还是被人家给忽悠了，她心里狠狠地咒骂道："小眼睛，你出门肯定得给车撞死！"

回到家里，石磙婶子赶紧去取钱，司机热情地帮她翻箱倒柜，结果忙活了将近半个小时，只找出 15 块钱来，司机不耐烦了，问石磙婶子家里到底有没有钱。石磙婶子反复搓摩着几张纸币说："有啊，我记得……在哪儿呢……哎呀！"石磙婶子一拍脑袋说："忘了、忘了，你看我这榆木疙瘩，那钱我去年给自己买棺材板用了。"

"嘿。"这下把司机气得眼睛都绿了，要吃人似的。

石磙婶子说你先别急，我去找大凤借，我今天看她还有什么话说，石磙婶子忽然想起什么似的有些气冲冲地出去了。20分钟后石碌婶子勾着头垂头丧气地回来了，司机想问问找到钱没有，突然，一个尖叫的声音也冲进院子："是哪个驴日的这么坑人，她到底有啥病呀你们这帮王八，前几天才检查过啥事也没有，你们不就是想坑农民几个血汗钱么……"进来的正是大凤。

司机一看势头不对就想溜，却被石碌婶子拦住，"孩子，你别怕，不做亏心事，咱不怕鬼敲门，你等我去代销店给俺儿打个电话。"

这时，进院的大凤突然不骂了，低头在找什么东西，她先是操起个木棍拎了拎太轻，丢下了，眼睛继续在院子里找寻。司机正纳闷呢。只见大凤呼地抄起个铁锹，直奔司机而来，这下司机的脸都白了，恐怕十个石碌婶子也拦不住她呀。他就趁着石碌婶子和媳妇拉扯的工夫疯狗一样冲出院子，发着车子，一溜烟地跑了。

"我哩那个亲娘唉，我上辈子作了啥孽呀，老了有病儿媳妇不给看，让我活活等死啊……还有你那个死东西啊，你睁眼看看呀，我过的是啥日子啊……"大半个晚上，石碌婶子一直这么哭着，谁也劝不下。

大凤自然也不示弱，她跳着嚷着给村人解释："……您都看看哪，她连自己的儿媳妇都不相信，明明前不久刚去医院检查过，没一点毛病，现在偏偏去相信什么外人呀……"

大凤说的这个"外人"似乎是有所指。这让王月荣还真有了跳进黄河也洗不清的感觉了。事情咋成了这个样子呢？同时，她心里还在忧心忡忡地盘算着另外一件事儿：要是四清媳妇不认这个账，那她垫付的300多块钱该咋办？

夜已经很深了，弯月从浓重云彩里隐隐约约探出头来，像个行窃的贼。此时的王月荣还在床上翻来覆去，身子像是锅里炸着的油条，王月荣就这么不停地翻身子，"你别再翻了中不中，再翻这床就该散架了，大不了这钱年底找四清要。""要是四清也不认账呢？"王月荣不自信地问。李福生没有回答她，他也在思忖四清到底会不会认这个账，因为这事儿王月荣做得确实理亏，现在村里都知道咋回事了，没一个不骂王月荣的。也不知过了多久，他们才恍恍惚惚地睡去。

就在王月荣昏昏沉沉睡去的这一刻，石碾婶子的身子经过短暂的挣扎已经硬挺挺地归于沉寂了，苍白的灯光洒在她狰狞的脸上，房梁上垂下的绳子牵直了她驼了几十年的背。

谁是笨蛋

马可忽然觉得明明的眉毛很浓，于是他怀着崇敬的口吻说："局长，明明的眉毛跟您的一样好啊。"

马可带儿子去小区中心绿地玩耍，儿子见两个孩子正在搭积木，于是丢下爸爸去"帮忙"了。

马可没理会，自己十分惬意地打了个哈欠，伸了伸懒腰，朝一条长椅走去。马可拂去凳子上的灰尘，正准备坐下，一抬头，慌忙直身满脸堆笑着朝草地中央迎去。

"局长早啊。"马可一阵点头哈腰，接着说"来，局长我帮你抱抱。"局长说不用不用。但马可几乎强迫似的从局长手里抢过孩子。他一边走，一边亲着孩子的脸蛋感叹说："局长，您看明明这双大眼睛，多有精神啊！"

怀里的孩子并不领情，身子一个劲地往下滑。局长说："小马，让他下来跑跑吧。"马可有些怅然若失地放下局长的孙子，小家伙一落地就跟跟跄跄地向"积木"方向跑去。局长没理会，背着手阔步走向长椅。马可先是身后随着。随后抢先一步冲到椅子跟前，对准长椅又吹又抹，然后从口袋掏出今天的早报垫在上面，说声局长您坐。局长说声谢谢。

马可印象中这是局长第一次带孙子下楼玩。这个小区原是单位集资建的，很巧，他跟局长分在一个楼洞。局长四楼，他一楼。其实，马可早听说局长在外边有房子，据说不止一套。只是他至今不明白局长为何还跟他们住在一起。

马可和局长有一搭没一搭地聊着，目光都在一帮叽叽喳喳玩积木的孩子身上，不过马可没看自家的孩子，他在看明明，他在找明明的优点。说来马可真有点乐不

一盏灯的温暖

可支，你说局长、局长太太、局长的儿子、局长的儿媳妇个个是白白胖胖，就偏偏生下个又黑又柴的孙子来。马可常想，局长的孙子办满月，那么多人送钱，送营养品，咋没把这孩子给吃胖呢。这些也就算了，关键是明明的反应有些迟钝，干什么都慢半拍。要说明明有什么优点，除了刚才夸过的眼睛大些，还真找不出别的什么来。

正犯愁间，马可忽然觉得明明的眉毛很浓，于是他怀着崇敬的口吻说："局长，明明的眉毛跟您的一样好啊！"局长笑，说："今天的天气真不错。""是啊，是啊！"马可赔着笑心里仍在捉摸明明的优点，这一刻他对自己的发现能力很不满，想想看这是跟局长多难得的"交流"机会呀！

"笨蛋、笨蛋。"

突然马可的儿子叫起来，随手一杵，局长的孙子倒在地上。马可吃惊非小，他三步并作两步跑到跟前，呵斥儿子不得放肆。"爸爸，明明是个大笨蛋！"见爸爸来了，儿子像卖弄自己的一个重大发现似的仰着小脑袋给父亲报告。

"闭嘴，给我闭嘴。"见儿子还在喋喋不休，他一边捂儿子的嘴，一边用眼狠狠地剜儿子。儿子不言语了，他赶紧扶起局长的孙子，嘴里说着："明明聪明，明明乖，叔叔回去一定教训弟弟。"

这时局长也来到跟前，说，没事，没事，小孩子闹着玩的。说着话安抚一下孙子的后脑勺。没想到这孩子忽然想起什么似的"哇"一下哭起来，这让马可颇为被动，不知如何是好。他只能瞪着儿子说："看我回去怎么收拾你。"

"本来么，明明就是个大笨蛋，他比我大还不会说话呢。"嘿，小祖宗唉，你真是哪壶不开提哪壶呀。马可不禁暗自叫苦。其实，孙子不会说话是局长一家人最忌讳的事。也难怪，明明都快五岁了，除了傻呵呵地哭啥也不会，据说国内外的好医院都去过，就是没能让孩子开口。

"住嘴。"马可一只巴掌横在儿子眼前，声音提高八度，眼睛瞪得骇人。

"叔叔，明明真是个笨蛋，你看——"旁边的两个孩子几乎异口同声手指七零八落的积木说。

"胡说，明明比你们个个都聪明。"马可此言一出顿觉万分不妥，果然，局长的脸色很阴。马可犹如锋芒在背，鼻翼两侧沁出浓密的汗珠。

"爸爸你看我说的对吧，明明就是个大笨蛋。"儿子像证实了自己的观点，表情十分骄傲。

"啪。"一声脆响，马可的儿子哇一声哭了。

"小马，不能这样，怎么打孩子呢，童言无忌嘛！"

"你这个没礼貌的东西，给我回去。"马可觉得自己不能再待下去了，他给局长赔了一阵不是，拉扯着儿子走了。

儿子对父亲的暴力很不满，一路哭哭啼啼，进了大

一盏灯的温暖

门口，马可蹲下来心疼地哄孩子。儿子很犟总是不住声。马可无奈，看看前后左右无人，凑近儿子的耳朵说："明明的确是个大笨蛋。"儿子不哭了，有点迷惑地看着自己的爸爸，似乎在说："那你为什么还要打我呢。"见收到效果，他又凑近儿子讨好地说："明明是个小哑巴！"这下儿子破涕笑了。"噢，明明是个小哑巴！噢，明明是个小哑巴！"儿子高兴地跳起来。

嘘，马可赶紧捂住儿子的嘴。这时门禁"滴"了一声，局长抱着孙子进来了。马可吃惊非小，他有些后怕地再次跟局长道了歉，又打了个招呼拉着儿子往家里走。

谁知儿子一回头指着局长说："明明是个小哑巴？"

儿子的这一声简直像个炸雷。马可丝毫没有犹豫。随着"啪"的一声响，儿子再次哭起来。

"哎，小马，怎么又打孩子。"局长铁青着脸批评马可。"爸爸坏、爸爸坏，"儿子边哭便接着说："是你刚才说明明是个小哑巴的。"

这下，马可彻底傻了，他一个趔趄险些跌倒，真想瞬间在这个世上消失。然而上天入地皆无门，末了，他为了掩饰自己的窘态，只能再次举起巴掌来。

"干什么你！"就在这一刹那，自家的门开了，老婆壮硕的身体从屋里挤出来。马可再没犹豫，撇下儿子一步跨进自家大门。马可的老婆跟局长打了招呼转身进来，她看儿子哭得口水鼻涕一大把，甚是心疼，她一边给儿子擦脸，一边倒水让儿子漱漱嘴，却一不小心打翻了马可的茶杯。此时马可嚓地从沙发上跳起来，像坐垫上冒出了钉子。

"笨蛋！"马可直着脖子对老婆大吼。

老婆和儿子被他的歇斯底里吓蒙了，片刻，马可的老婆才回过神，她一步跨过来，一巴掌掴在马可的脸上，"神经病啊你！"

马可没再言语，看着高自己一头的凶神恶煞的"母老虎"，自己像个拔了气门芯的车胎般"嗞"一声人就瘪下去了。

忧伤的高粱

当看到一台台机器压倒大片大片高粱，一群群演员疯了似的在高粱地里你追我赶，他的眉头拧得厉害。

仲秋的骄阳借着风势泛出灼人的热浪。

二爷背手，躬腰，望着眼前的高粱地心满意足地笑。这是一个忠实的农民面对丰收所特有的幸福。二爷觉得此时的棵棵高粱就像他自己：可不是么，紫色的梁穗像他的脸膛，梁穗压弯的杆儿像自己驼了的背，渐枯的叶则像自己干瘪的四肢。

"嘀嘀——"

一辆轿车驶来，缓缓停在二爷身边。车上下来几个

一盏灯的温暖

人，他们像二爷一样展望眼前的高粱地。

"大爷，今年可是个丰收年呀。"

"是啊。"

"这块地是您家的吗？"

"是啊。"

二爷说完骄傲地笑了，凹陷的嘴巴里露出焦黄的牙床。

"这一亩地能卖不少钱吧？"

"1200 只多不会少？"

"那每亩 1500 卖给我们吧？"

来人说得认真，二爷听得莫名其妙。来人说完不再理睬二爷，他们一阵商量后离去，只剩二爷原地发愣。

第三天，村主任笑嘻嘻地来找二爷，说二爷的高粱有人按每亩 1500 元的价格买下了。二爷听了乐得不行。当听说买家就是前天那帮人时，二爷有些难为情了，他说他们也太客气了，那天我也是随便说说的。二爷开心之余，心里又过意不去，他给村主任说，要不这样吧，改天我来帮他们收，打成子给他们送去。

第五天一个剧组进驻村里，呼呼啦啦来了二十几辆车子。据说这是一场重头戏，拍的是我游击队借助高粱地与敌人周旋，敌人无奈之下，就放火烧了这片高粱地。

剧组的人很守信用，双方签了合同，就一把手给了二爷 7500 块钱。可二爷并没因此开心，不但没开心，表情还十分难受。当看到一台台机器压倒大片大片高粱，一群群演员疯了似的在高粱地里你追我赶，他的眉头拧得厉害。仿佛这一只只脚不是踩在地上，而是他的心坎上。

那天，二爷待剧组收工后，他把倒了的高粱一棵棵扶起来。扶起这棵，那棵倒下了。二爷的心揪得很紧，他叹息着把它们四五棵、四五棵的捆在一起，直至深夜。

第二天，导演来了，他看了现场，问谁这么无聊，这么弄不是影响机位么。工作人员就指了指立在一旁的二爷，导演没再言语。

导演喊来了各部门负责人，他强调两个问题：一是此次拍火戏必须一次通过；二是千万注意现场人员的人身安全。

接下来，工作人员开始疏散围观的群众，村人这才知道，他们要烧这片高粱。这下二爷的心里更难受了，心想这不是糟蹋粮食么。心里这么想，但他并没有去阻止，毕竟拿了别人的钱。可当工作人员准备浇汽油时，二爷上去了，他给导演说，烧他没意见，就是看看能不能让他把高粱穗子剪下来再烧，两天，顶多两天，他保证能全部剪下来。

导演笑了，他说这不可能，这么多人根本耽误不起。再说大家是签了合同的，这庄稼我们已经买了下来，怎么处置是我们自己的事儿。

二爷说这我知道，实在不行一天也中。

导演说我们要的就是这效果。敌人对收获的摧残和

一盏灯的温暖

破坏，本身就是一种强烈暗示，要是高粱只剩下光秃秃的杆子还谈什么效果呢？

二爷唯唯诺诺说："要不，要不我把钱退给你们？"

导演说："我们可是签了合同的。"

二爷长着脸说："要不成，你们把我一块儿也烧了吧。"

"你……"导演气得脸都青了，他对制片说："乡下人真刁蛮啊！"

制片说："算了老头，每亩我们再给你加一百。"

二爷说："钱我不要，您还是让我剪些下来吧，哪怕半天也行啊，我能剪多少是多少。"

"每亩再给你加一百？"

二爷依旧摇头。这下演员和工作人员都乐了，他们没想到，这老家伙在关键时刻会使这样的阴招。

导演看着支好的七八台机器，和一切准备就绪的演员，最后说，算了，我这双眼算是瞎了，本来是看你年纪大，想照顾你一下，没想到你是这样的人，这样吧，一亩地我们给你2000块。给钱！导演回头向身后的一个年轻人吼了一嗓子。

二爷依旧是摇头，不仅如此，他还从怀里掏出7500块钱来，说，高粱不卖了。二爷的话很平静，可对在场的人却是个惊雷，他们认为这老头疯了。

后来，村主任来了，再后来，乡里、县里的领导也来了，二爷仍不为所动。最后，乡派出所的人来了，把二爷给强行搀走了。并让村主任负责看管。

一路上，村主任不忘给二爷做工作，说什么人要说话要算话，再说了，导演正准备在咱县投资建个影视基地呢，你这么弄不是明摆着给县领导出难题么？

终于，大火熊熊燃起，毕毕剥剥声随着灰色的烟雾直冲云霄。导演正要喊开始，突然一个人影就钻进了火海，导演举着喇叭说，那是谁呀，不是还没喊开始的吗？

"救人呀，快点救人呀，二爷，那人是二爷！"村主任提着腰带气喘吁吁地跑来了，这下整个剧组的人都惊慌了，可是谁也没勇气进火场救人。他们清晰地看到一个"火人"在这大火之中舞蹈着、舞蹈着，他似乎想把火给扑灭，却只是把火烧得更旺了。

理　发

他莫名的想起了妹妹的工作性质，他知道妹妹没文凭也没手艺，她凭什么能挣那多钱呢。

魏冬生去香香发屋理发的原因有两个：一是因为工地对面大槐树下的老李头回家过年去了；二是因为他自己也要回家过年了。

魏冬生来城里这么多年，对于有些事他有自己的判断。比如形象问题。若是在工地劳作，那么整天蓬头垢

一盏灯的温暖

面也没什么问题。要是回家过年，这样就不行了。这样的形象回去，会被人误以为这一年混得很不好，尽管这么多年他混得一直很不好，可是每年的春节，他还是坚持把自己的头收拾一下。在他看来，一个人衣服光鲜，如果头上顶个"鸡窝"，那指定不好看；如果一个人衣着朴素，只要发型干净利落，给人的感觉也会很好。

魏冬生所在的工地在市中心，与工地平行的一条路是个美容一条街，这条街他之前逛过，看着那些灯火辉煌、流光溢彩和门口一溜溜的高档轿车他很清楚，这地方看看还是可以的，若进去怕是掏瘪了钱包也出不来的。

魏冬生之所以这么匆匆忙忙去这条街上理发，是因为他刚接到工友电话，说车票买好了，今天下午的。如果这样再到别处找店理发时间上就不允许了，再说剪个头大不了 30 块，他出得起。

时间正值上午，曾经熙熙攘攘、流光溢彩的街道，仿佛一夜间破败了似的，变得毫无生机了。路两旁的停车位空空如也，门口的霓虹灯不再闪烁，他清晰地看到灯管上面落满了黏兮兮的灰尘，许多绿头苍蝇在上面停停留留。他的心里觉得怪怪的，你说这黑夜和白天差距咋就这么大呢？

他边走边看，有几家店倒是开门营业的，看看里面的装修和亭亭玉立的迎宾，他退缩了。终于，他在一拐弯处找到个"门脸"，这家店相对小而破旧。这让他很开心。

他推门进去，一个女孩正慵慵懒懒地坐在转椅上有一搭没一搭地涂口红。见有人进来，女孩先是一愣，似乎客人不该来得这么早似的。女孩的脸色苍白，明显日照不足的那种，女孩嘴角的口红涂得粗糙，给人的感觉不是在化妆，而是一个孩子在一张白纸上信手涂抹。

大哥，洗头啊。

理发。

女孩说，好，那咱先洗头，再理发。

坐在转椅上，魏冬生很享受地闭上眼睛。他有个习惯，喜欢在理发时闭上眼睛眯一会。以前老李头给他理发，他也是这样，虽然老李头的"露天店"简单得只是一凳、一盆、一剪刀，他还是喜欢这样。等到一切收拾完，3块，老李头拍拍手说。于是他醒来，付钱，然后满意地离开。

此时，魏冬生觉得女孩的手很生疏，人虽然标致，可技术跟老李头差远了。后来，女孩的手指总是不自觉地往他的下半身游走，他预感到有些不对劲儿，就开始紧张。片刻的心猿意马，他还是睁开眼睛镇定精神说："小姐，我，我只理发。"

小姐的手停住了，红着脸去了隔壁的单间打电话："大姐，来个真理发的……看样子是个民工……可是我不会呀……我……"

女孩出来时上身斜挎着一个工具包，包里是崭新的理发工具，看着一件件锃亮的工具，魏冬生放心了，重

一盏灯的温暖

新闭上眼睛。

女孩先是掏出梳子在魏冬生头上比画两下，然后打开电动发推，发推嗡嗡地响起来。接着她左手换右手，右手换左手，最后想起什么似的关了机器，掏出剪刀。剪刀在魏冬生头顶上叭叭空剪几下，又插入口袋，最后又掏出电推来。

嗡嗡声在头上盘旋着，没有实质性进展。咋啦？魏冬生问。哦，女孩的回答很慌乱。只见她眼睛一闭，推子就收割机般进了发丛。

大约 10 分钟后魏冬生睁开了眼睛，他被眼前的自己惊呆了，要不是这张脸陪伴了自己几十年，他还真不敢相信镜子里的这个人就是自己。魏冬生傻了，片刻，脸红起来，紫起来，脖颈两侧的青筋暴起来。他啪地一拍桌子，吼到，你是不是疯了，你、你你……魏冬生的眼睛要进出眼眶，浑身的肌肉突突直跳。女孩被吓坏了，脸色很惊恐。她说，大，大哥，对不起，我，我不会理发，我是……是做那个的。

女孩说完，眼泪下来了，不知道是被吓的，还是觉得自己委屈。

女孩一哭，这场面让魏冬生突然想起了什么。准确地说，他想起了自己的妹妹，他的妹妹与这个女孩年龄相仿。妹妹每年春节回来，都打扮得花枝招展，浑身名牌不说，而且出手阔绰。他莫名地想起了妹妹的工作性质，他知道妹妹没文凭也没手艺，她凭什么能挣那多钱呢？她会不会？

大哥，这是50块钱，您再找个理发师修修吧。女孩的话语里满是哀求和内疚。

魏冬生没接钱，他有些无所适从地长出了一口气问："过年回家么？"

"回的、回的，我大姐正排队买票呢。"女孩没想到魏冬生会这样问她，眼睛里泛出兴奋的光泽。

"好啊，回家就好。"魏冬生说完如释重负般推门而出。

这一刻，他暗暗发誓："今年回家，再也不能让妹妹出来打工了！"

哭声嘹亮

见一中年人，扑腾腾地跑出来，一把薅住二魁说："小兄弟，哭吧？每小时80，正缺人呢。

二魁跑出邮局，在路口叫了辆出租车，直奔上午的演出地。半路上手机不停地震动起来，每动一次，他的心就被揪起一次。当看到是大志的电话时，不由长出一口气，说句"快到了"便挂了机。

一路上，他往嘴里胡乱塞些止疼片。半个月来，这嗓子是越来越疼。今天早上还吐出了血丝。

一盏灯的温暖

二魁做梦也不会想到，他这个喊起来比驴叫还要响亮的嗓子，现在竟成了挣钱的"家什"。一个半月前，二魁收到了媳妇的信，媳妇说他爹住进了医院，家里急缺钱用。大志和他去老板那里借，老板说年底一起结，况且他才来两个月。回工地的路上他们看到办丧事的人家，只见院里挤满披麻戴孝的人，个个呼天抢地恸哭，场面很感人。

"真孝顺哪！"二魁感慨地说。

"孝顺他妈的头。"大志不屑地笑了。

"请来的都是，"大志见二魁望着他发愣，又说："这些哭丧的都是雇来的，一小时 50 块呢，嗓门大的能挣 100。"

二魁破天荒听到了这种事，差点把眼泪笑出来。"

"他们一小时比咱一天挣得还多。"二魁艳羡的要命。

"我也可以吧？"二魁自言自语地说。

"你哭两句我听听。"大志调侃着问。

借钱的郁闷还没散去，胸中堵得厉害。他突然有发泄的欲望。

"我嘞爹呀——"

一声既出，顿惊"四座"，院儿里的哭声戛然而止。个个鸭子似的引长脖子，找声音的出处。这时，见一中年人，扑腾腾地跑出来，一把薅住二魁说："小兄弟，哭吧？每小时 80，正缺人呢。"

于是，二魁"下海了"，加入卖哭的行列。

他更没有想到，这一哭竟令他成名。就连一些镇上的老太太也开玩笑地说，我死后就找二魁哭，一人顶十人响亮，就是到了阎王哪里，谁也不敢低看咱。

刚开始，附近的村民隔三岔五找上门。后来，远方的客人也慕名而至。再后来，他们干脆辞掉工作，干起卖哭的"生意"。大志在此地打工多年，人熟地熟。现在，他每天都在火葬场门口洽谈业务，接下来还准备散发小广告。为联系方便，二人都买了手机。

车子一进村口，他便听到了乐器声，浑身来了精神，脑海里浮现出一张张跳动的"老人头"。大志昨天给他说过几遍，今天这主儿可是上千万身价的人，一小时为他开出 200 元的工资。没等车停稳，大志就把他拖下来。一个劲地埋怨来迟了。扯起他奔向那座装修豪华的院子。大院里早已跪满卖哭的人，并都在竭力"表演"，哭声和乐队的轰鸣声交织在一起，场面甚为壮观。

大志将他带到一胖嘟嘟的中年男人前，头捣蒜似的又鞠躬又哈腰。

"大哥，他就是二魁。"

"他——"那人扬了扬眉毛，脸上露出见面不如闻名的神情。他看不出面前这个黑不溜秋的小伙有什么特殊的地方。

"大哥，他嗓门大着呢。"

男人还是没信的意思。

一盏灯的温暖

"来两句，来两句。"大志推他。

"我嘞爹啊——"

一声巨响，如惊雷般划破长空，顿感天摇地撼。喧嚣的小院顷刻间鸦雀无声。目光都直唰唰射来。男人后退两步，侧身护住耳朵，表情惊诧。随即露出满意的笑。

"能哭多长时间，我付多少钱，每小时再加一百。"那人看着满眼泪花的二魁，阔气地说。

二魁兴奋地差点没跳起来，连中年男人上了奔驰轿车也没发觉。他仿佛又看到一张张舞动的"老人头"。眼泪滚滚而下。

"二哥，今天咱赚2000块。"大志兴奋地在屋里转悠。

"这500归我，剩下的归你。"大志说。

"明天有两家，每小时只肯出100。"大志又说。

"行，接。"

"二哥，你出名嘞，你就像独唱演员一样，那些人给你陪唱都寒碜。"大志的嘴乐得还没合上。

从小因嗓门大受尽村人嘲弄的二魁，没曾想到还会因为这嗓子，有扬眉吐气的一天。不过有时候，他也觉得像在诅咒自己的父母。可他不迷信，他倒觉得自己是在积德，替那些个子女们。更为重要的是，他的哭声正在延长着父亲的生命。一星期前，媳妇打来电话，说爹是肝癌后期，每天疼得无法忍受时，只能注射一种叫"杜冷丁"的药水，这种药很贵。以前卖哭时总用清凉油弄出眼泪，现在不用，哭时，想想病床上的父亲就行了。

说心里话，他很看不起那些子女们。自己的父母死了，自己不哭，反而雇人哭。仿佛雇的人越多，自己就越显得孝顺。而自己呢，不在父母灵堂前掉一滴眼泪，反而像监工一样，监督卖哭的人。更有甚者几个兄妹之间，还会在灵堂前大打出手。无非为了什么"房子"或"折子"之类的东西。

此时，已是深夜，疲倦阵阵上涌，并不上头。他不时看看手机，看到电池和信号都正常时，又表情复杂地装入口袋。他正在等待妻子打来的电话。

这会儿嗓口疼得不厉害了，只是感觉脖子在变粗，出气时能闻到恶臭味。忍住疼，吐了一口痰，却是一团乌黑的血块。

"我嘞爹呀 ————"

天快亮时，二魁被大志推醒。

"哭啥呢，做梦吧？"

"我梦见我爹死了，我哭不出声音来……"二魁泪流满面，神情凄怆。

"这是 4000 块，等邮局上班了你先寄回家吧。"大志在被子下掏腾了半天，取出一年的积蓄。

"不用，你还是寄回家盖房吧。"

大志没说话，丢下钱出去了。走到门口又回头说"寄了钱赶紧来。"

手机已有二十三个小时没震动过了，二魁越发显得

一盏灯的温暖

六神无主。此刻，他怕手机响，恐听到不好的消息。又恐手机不响，怕听不到父亲的近况。

中午，在雇主家吃饭时，手机突然在口袋里震动起来。他犹豫地翻开盖子，那头传来了妻子的哭声……。

二魁顿感天旋地转，堆在了地上。

"我嘞爹啊……"

那天所有听二魁哭过的人都说，二魁哭得最真，最实。

当晚，二魁住进了医院，高烧七天不止。半个月后，他出院了。

在那黄土堆起的坟茔上，有新草破土而出，已褪色的纸幡在秋风里无助的摇曳。立于父亲坟前，面色苍白的二魁，泪如泉涌，嘴唇虽极度抖颤着，嗓子里却发不出一丝丝声响。

嫁　死

洞口的浓烟还在滚滚冒出，又是一阵连环爆炸，天地紧跟着摇撼，正准备救援的人，被挡在洞外，任凭一个个鲜活的生命，在洞底燃烧。

"轰隆隆——！！！"

沉闷的爆炸声在清晨传出，大地跟着颤抖起来。这时，许多院子都匆忙跑出衣衫不整的人来，或女人，或老人，或小孩。等确定爆炸方位后，有人疾速朝"黑风洞"奔去，有的人则回屋继续休息。事出多了，人就麻木了，小镇人不再像初遇矿难那样，都惊慌失措地奔向出事地，或流一把同情泪……再说他们的亲人不在那个方向工作……

二凤头一个号啕起来，惊慌失措的家属们在她的带动下，才梦醒般哭作一团。顷刻，不同的乡音开始在山间回荡。二凤则不顾人群中的拉扯，一次次向前俯冲，双眼紧紧盯住吞噬过百人的洞口。此刻，庆幸自己终于可以像姐妹们一样还乡的喜悦，却和另一种意味的辛酸，在她的心头纠缠在了一起……

"舅，大宝昨个回来哩？！"

这是二凤第十一次，以相同的姿势坐在老马门槛上，说出同样的话。与上十次不同，这回她的口气明显重了许多。

正在翻弄资料的老马停顿一下，皱皱眉，又继续翻腾资料。

"您是俺表舅，可不能坑俺！"见老马没言语，二凤又说。

"唉！"老马叹气，一脸无奈。

老马知道二凤也不容易，从小父母双亡，由姥姥抚养长大。听说老马带出的女人都能赚大钱，临出门时，二凤和姥姥央求老马一整天，就差点下跪了。二凤是老马看着长大的，打心眼里喜欢这孩子。所以，他物色了

一盏灯的温暖

条件最好的对象给她。大宝也是孤儿，这在关键时候会省好多事。最让老马满意的是，大宝待的地方叫"黑风洞"，这里出事频率最高，老板赔的钞票也最多。

可老马万万也没想到，自从这地方被媒体曝光后，竟然一次次拖延了他和二凤发财的机会。因为出名，检查就多，老板们不敢乱来。现在，这里的安全出奇地好。

"舅，俺快没缴保险费的钱哩，要不俺回吧？"

"不行，你回，我咋向你姥姥交代？"

老马起身掏出1000块钱，塞到二凤手里。

"我去黑风洞瞧瞧。"老马说着出了门。

穿过熙熙攘攘的街道，踩在黑黝黝的水泥路上，躲避着一辆辆拉煤的货车，不禁使老马想起六年前这里鸟不下蛋的光景。后来，因为有煤，这里就有了公路、电灯和人烟，小镇似乎是一夜间繁华起来的。不过，在老马看来，这里除了人嘴里的牙齿外，一切都是黑的，因为所有的东西终日都被煤屑覆盖着。

翻个山头，"黑风洞"就在眼前。这山原叫黑峰洞，由于出事多，人们就谐音起了一个《西游记》里妖精洞穴的名字。正是倒班时间，一个个"黑鬼"从洞里爬出，他们第一件事，就是在洞口贪婪地呼吸空气（和准备下窑前的人一样），接着他们都笑了，露出雪白的牙齿。洗漱时，几个年轻人甚至追逐起来，庆祝胜利似的。

"舅。"

身后有人喊他，是大宝。老马是大宝的恩人，也是山里许多后生们的恩人，若不是老马，多数后生还打着光棍呢，更别说像大宝一样，娶到二凤这么漂亮的媳妇。让大宝自豪的是，老马是二凤的表舅，是他指定二凤嫁给大宝的。当时，其他后生缠着老马不放，老马还是初衷不改。他说大宝人好，肥水可不能流到外人田。

最让大宝感动的是，二凤给他带来了幸运，就像人家嫉妒他时说的那样：二凤奶大，像棉花；腚大，阎王怕。别说，还真像他们说的那样，和二凤一起嫁到山里的女人们多数守寡回了娘家，只有他，快两年了，依然健健康康。

看着全副"武装"准备下窑的大宝，老马说："听说昨个回了？鸟家伙，也不来看看我。"

大宝嘿嘿地笑，红了脸。

"检查组走啦？"

"早走了！您看，四台抽风机，就剩一台在转……"

"眼睛放亮点儿。"

"知道，舅，为了二凤我也会的。"

回去的路上，老马给自己一个耳光，骂自己多嘴。二凤家，他把看到的新情况讲了，还说，他不相信有连续一年多不出事儿的窑。这一说不当紧，二凤的眼泪潸然而下。"就我倒霉，您看，姐妹们都挣十几万回去了，可我……还，还赔几千块。"

"别忘缴这个月的保险。"老马走出院子又提醒二凤。

一盏灯的温暖

老马是三年前做这种"嫁死"生意的。以前他也是矿工,把一些生生死死看惯了。直到有一天,他突发奇想,从老家带一些女人出来,嫁给当地的穷小子,再给穷小子们买上意外险,然后他就和这些"妻子"们一起静待"丰收"。起初,老马觉得自己太缺德,后来一想也释然了。您想想,山里的穷小子们,多数是娶不到老婆的,许多还没"成人"就遇了难,多冤枉啊!如此一想,他觉得自己还崇高不少呢。现在,他每天搜集各矿的资料,随时锁定下一个目标。

洞口的浓烟还在滚滚冒出,又是一阵连环爆炸,天地紧跟着摇撼。正准备救援的人,被挡在洞外,任凭一个个鲜活的生命,在洞底燃烧……

"洞口有人!"

突然,人群中响起惊叫,只见滚滚浓烟中一个黑影正向洞外拼命爬出。

"是大宝!"

黑影被架起,立即被同事认出,人群里又一阵惊叫。

二凤一怔,接着就不顾一切地抱住满是血污的大宝,哭着用双手捶打他的后背:"死大宝,死大宝,吓死俺啦,吓死俺啦。"

突然,她又想起什么似的一把推开大宝,"啊——"一声瘫倒在地,捶胸顿足地哭叫起来:"我的命好苦啊!!!"

第六辑 你到底笑什么

在有的场合，你笑也不是，不笑也不是，尴尬至极。如果我们连表达笑或不笑的权利都没有，这问题就严重了。其实，在职场这种事情并不少见，你当然会怒斥那些能掌握我们笑或不笑的人是多么可憎和无耻呀，但也别忘记自问，我们自己是不是太过懦弱了。

你到底笑什么

他有些幽怨地望着天花板说："我都说过多少遍了，那天我没笑，真没笑。"老婆却哭了，她说你个挨千刀的，才当领导几天啊，你就这么没实话了。

一大早，冯凯被领导叫进办公室，这让他受宠若惊，因为来单位近 5 年，他还从未进过领导的办公重地，更别说领导主动叫了。

一盏灯的温暖

领导的身体陷在阔大办公台后的老板椅里，上身略斜，手托住"三折"的下巴，整个人有点像摆造型的大白菜。

见他进来，领导动了动多脂肪的身体微笑着说："来，冯凯，坐。"坐在领导对面，冯凯心怀忐忑，他不知道领导喊他有什么事。

领导似笑非笑地问："冯凯，你昨天笑什么呢？"

冯凯一愣，没听懂领导的话，他有些措手不及似的瓮里瓮气说："昨天？我笑什么？没，没有啊。"脑子片刻空白，接着飞快旋转，他在想昨天自己笑了吗？回想的结果是否定的，没有。再说自己笑不笑跟领导有什么关系呢？

呵呵，领导笑了，声音像门缝里的风，阴阴的、冷冷的。"我说的是昨天开会的时候，你笑什么？"

开会？冯凯想起来了，昨天下午在单位的多功能厅确实开了会，是个"廉洁典型"交流会，会上领导作了长篇报告，因为领导是市里的廉政典型。当天还来了不少媒体。

本来是轮不到冯凯参加的，由于好多单位接到通知而没出席，偌大的会议室空荡荡的，很难看。于是领导决定，单位员工全部放下手里的活儿统统坐到会议室去。

"昨天开会想起来了么？"领导问。

"想起来了，想起来了。"冯凯说。

"那告诉我你昨天笑什么？"

"笑……"表情刚刚有些松懈的冯凯立刻又紧张了。他想："我昨天笑了么？没有啊，我无缘无故笑个什么劲儿呢。"

见冯凯在那里有些装模作样绞尽脑汁苦思冥想，领导忽然乐了，笑得面若桃花。他立起身子，踱步来到冯凯身后，有些语重心长地一只手拍了拍冯凯的肩头说："冯凯啊，这样吧，我保证从今以后我们就是朋友了。"冯凯有些莫名其妙地点了头。"朋友是不是应该敞开心扉？"冯凯点头。"那好，咱现在先把笑不笑的事抛开，那么，寄往市里的那封匿名信肯定是你写的喽？"

冯凯一听，头当即大了，我啥时候写过什么狗屁匿名信啊。"不不，领导，我冯凯不是这种人，我……"他急于解释，腔调有些结结巴巴。

"哈哈，冯凯，你这小家伙还很有城府哩，我知道，去年在那件事上你对我有意见，可即使有意见你可以提嘛，也不至于说我什么贪污、包养情人呀？"

这下冯凯不但头越来越大，还越来越木了。去年的事他知道，单位竞聘部门正职，尽管他各方面都无可挑剔，最后还是没转正。不过他是个不太上进的人，能上最好，不能上也无所谓，这事他早就忘记了，领导怎么会跟什么匿名信扯在一起呢？

他说："领导，这，这……您今天说的我还真不明白到底是咋回事儿。"此时的冯凯早已大汗淋漓。

"那好，"领导绷紧脸说，"我再来问你，你昨天

一盏灯的温暖

到底笑什么？"

我，我，冯凯简直快要哭了，他说："领导啊我说实话吧，昨天我除了开始跟着鼓掌，接着就是铰指甲、抠鼻孔、打瞌睡，然后又跟着鼓掌，对了，还喝了五杯水，去了一趟厕所，可就是没有笑，再说，您也知道，我这人性格就这样，驴上树都不会笑的……"

"你看这是什么？"领导的话凌厉起来，说着，一份报纸嗖一声冷箭般射到他跟前。他颤颤巍巍起身展开报纸，这一看不打紧，一屁股颓坐下来。

报纸的头条是昨天会议的内容，其中配有两幅照片，一幅是领导讲话时的，另一幅是台下鼓掌时的。问题出在后者，里面有他的影像，初看没什么，细看问题出来了，只见他鼓掌之余的嘴角是翘起的，讥笑表情十足，还有那双眼，似乎充斥着愤懑、鄙视、仇恨等诸多内容。

这下，冯凯是彻底傻了眼，他是跳进黄河也洗不清了。可天地良心啊，我确实没这么笑过啊。当然，他的解释是苍白的。后来，和领导的谈话不欢而散，领导最后说："个别跳梁小丑是整不垮我的，别说我没做过坏事，即使做了，又怎么样呢，我上边有的是人。"

不久，冯凯在报纸上鄙视领导和写诬告信的消息传开了，冯凯成为传染病患者，所有人对他敬而远之。单位还有传闻，说行政部没找冯凯谈续签合同的事儿。

此后不久，领导犯事儿了。原来的二把手成了新领导。新领导上任的第一件事就是把冯凯给扶正，他说冯凯是斗士，面对恶势力毫不畏惧云云。

当然，同事们也是一片啧啧赞叹，都说他藏而不露，甚有远见。

一天，新领导请冯凯吃饭，一阵推杯换盏之后，新领导神秘地压低嗓门问："小冯啊，那天开会你到底在笑什么呢？"

此时的冯凯已是微醺，他有点激动地说："领导，我跟您说句实话吧。"领导说好啊，我听的就是实话。"我那天真的没笑，我想肯定是记者们没拍好的缘故。"领导一听，笑容收了起来，说："埋单。"

回到家里，老婆刚从浴室出来，曼妙的身姿，诱惑的部位若隐若现，他浑身烦躁起来，他有些激动地抱起老婆，老婆也是格外顺从和配合，不一会儿两人就战在一处，战事正酣，老婆突然娇喘吁吁地说："冯，冯凯，你那天你到底笑，笑什么呢？"

顷刻间，冯凯顿感锋芒在背，热情急速锐减，战事提前结束。良久，他有些幽怨地望着天花板说："我都说过多少遍了，那天我没笑，真没笑。"老婆却哭了，她说你个挨千刀的，才当领导几天啊，你就这么没实话了。

暗夜像巨浪一样席卷而来，冯凯怎么也睡不着，他反复在想："我那天到底笑了么？笑了么？"

守　望

　　面对大山的脆弱，村人都很震惊，为什么这样雄伟的和养育了他们无数辈人的大山，怎么就这样轻而易举地被暴雨剥去外衣呢。

　　山根他们起得早，然后就深深浅浅地踏着晨露上山了。今天是个特殊的日子，为此，他还带上了三岁的儿子。

　　老人真的老了，不仅眼瞎背驼，最近这双脚也不好使了。但他还是坚持每天去山上走走，巡视一番。他已立下遗嘱，说自己去后，就埋在这山上，哪怕能滋润一棵树苗也好。

　　山根也显老了，由于山风和阳光的缘故，使得他的相貌与实际年龄严重不符。他们先来到山腰一块空地前，开始在薄雾中静静垂立。三岁的山娃很好奇，他不明白他们为何要在这里停留，还面对一个孤茔流泪。他们像在凭吊一处古老的战场，聆听着关于过去的故事，脸上都有说不出来的悲壮。而四年前的那场争吵和三年前的那场悲剧，似乎犹在耳边和眼前。

　　"伯，盖不起房俺就娶不到媳妇！"山根哀求说。

　　"你看这山都成啥样了，都快不毛之地了，你能忍心？"支书坚决不允。

　　"没媳妇俺家会断子绝孙？！"山根无奈地吼，一身的肌肉突突地跳。

"没了山，您娶了仙女照样断子绝孙！"老支书拼了老命嚷。他是无论如何也不会同意的，因为允诺了他，就会有更多的眼睛盯住这稀稀拉拉的林子。

于是，山根扛着斧头气势汹汹地上了山，老支书紧随着看热闹的村民向上冲。山根举斧欲落时，腰被人死死抱住，他愤身挣扎，那人就像个干萝卜头似地滚下山去。从此，老支书就驼了背，瞎了眼。

一个月后的一天，老支书在山杏的搀扶下，赶到40里外的乡派出所，他跟所长说，是自己不小心跌落山崖的，与他人无关。他还说这事有她女儿为证，山杏垂着泪点头。那晚，出了拘留所的山根跪在老支书跟前久久不起。

三个月后，山根的新房落成了，就在半山腰的一片空地上，尽管屋子低矮简陋，没有一点气派，却丝毫掩饰不了小院的喜气——山根今天结婚。山根的婚事羡煞了村里的后生，他们都说这样漂亮的媳妇，即使山下十里八村也难找呢，村人齐夸山根好福气，而山根却失声痛哭。

山根结婚时，老支书来了，拄着拐杖，摸摸索索，一脸喜气，因为，那天也是山杏出嫁的日子。给支书行跪拜礼时，山根仍长久不起，还一个劲儿捶胸顿足着痛哭。村人说，他的哭不是因为答应陪支书守一辈子大山感到委屈，而是看到极度衰老的岳父发自内心的自责，

一盏灯的温暖

同时，也是在告慰离他而去的双亲。山根的父母是在 20 年前为救一场山火去世的，虽然山林保住了，他们却走了，那年，山根刚 7 岁。父亲临去世前对山根说："咱家四代单传，千万不要灭了香火。"

其实，山根是对大山有感情的，他的睡梦中都会出现和父亲去山里狩猎，随母亲去林里采蘑菇，甚至在小溪里捉鱼、游泳的情景。如今，一觉醒来就要面对这褪了色的秃山，和毒辣辣的太阳，他比谁都难过。这山似乎是一夜间变秃的，溪流也似一夜间干涸的，大山如今的这般景象也是山里人从未想到过的。

三年前的那个暴风雨的傍晚，注定让山根刻骨铭记。当时，山杏临产，山娃来到世间，还没有酣畅淋漓地哭个痛快，甚至脐带还未剪落，山体就滑坡了，房屋顷刻间就被泥土和石块整体覆盖。赶来的村人把他们从废墟里扒出时，山杏早已断气，而山娃由于被母亲护在身下而奇迹般活了下来，但最终还是落下了残疾。

后来，年长人都说，那场雨并非百年一遇，而大山的脆弱却是百年不遇的。面对大山的脆弱，村人都很震惊，为什么这样雄伟的和养育了他们无数辈人的大山，怎么就这样轻而易举地被暴雨剥去外衣呢……

久久，山根和老人才从"噩梦"中醒过来，浑身颤抖着。山娃并不懂大人的悲哀，他正学着父亲那样，用他仅剩的一只手，给一棵与他等高的树苗培土。

老人在山根的搀扶下，终于气喘吁吁地又出发了，到了山顶，老人努力用耳朵仰视远方，仿佛望到了什么，又仿佛听到了什么。老人像耸立在山巅的一块巨石，默默无语。一阵风吹来，老人突然撸撸眼睛说："这山风可真大呀！""是啊，这风真大。"山根也撸着眼睛附和。

此时，朝阳出来了，照在被露水浸染过的漫山遍野的葱绿上，熠熠生辉。

又见瞎老张

"小老鼠小大老鼠长，爬了大梁爬二梁，扑腾掉到案板上，吃了大馍吃小馍，临走屙您一窝窝。"

国庆回乡，正逢庙会。刚到会首，就听前方传来似曾相识的唱喏声："老鼠药，药老鼠，大哩小哩都逮住……"瞎老张！我脱口而出，并疾步朝前赶去。果然是他。只见瞎老张正手拿电喇叭，吆喝着叫卖。面前的瞎老张老了，背驼鬓白。失明的一只眼已严重萎缩凹陷，和满脸的皱纹纠缠在一起，整张面孔就像肉色的漩涡。

此刻，十年前，关于瞎老张的记忆扑面而来。

瞎老张算是我童年的偶像，不是因为他做过什么壮举，而是他的顺口溜吸引人。十年前的农村闹起了鼠灾，随后兴旺了一个行业，那就是卖鼠药的。那时，无论逢集逢会，总有十几个卖鼠药的摊位，他们相互竞争，背

一盏灯的温暖

后较劲。而每次都是瞎老张胜出，不因别的，只因瞎老张会编顺口溜宣传。有时，你还没到镇上，就先会听到他抑扬顿挫、朗朗上口的"歌声"：

　　小老鼠小大老鼠长

　　爬了大梁爬二梁，

　　扑腾掉到案板上；

　　吃了大馍吃小馍，

　　临走屙您一窝窝。

　　……

　　赶集买件的确良，

　　咬个口子一拃长；

　　又费针来又费线，

　　缝个补丁还不好看。

　　……

于是，人们在嬉笑声中，掏钱买药。

瞎老张是个颇具争议的人物。有人说他的药真，有人说他的药假。

张村的五保户李奶奶，买了他的一包药，当晚就毒死二十几只大老鼠。高兴得李奶奶用筐子盛好，满街给他宣传。

李村的张二婶和儿媳妇因分家吵嘴，哭着来买瞎老张的鼠药，结果喝了三包没一点动静。激动得张二婶的儿子敲锣打鼓，来摊前感谢。这下，包括瞎老张在内的人全乐了。不过，再来他这里买药的人却少了。

由于贫穷和成分不好，瞎老张一生未娶，膝下一子，是他二十年前在一片高粱地里捡回来的。那时候，瞎老张的左眼已有疾病，据说只有北京的大医院才能治疗。为此，瞎老张省吃俭用地攒钱，正准备去北京时，儿子又突发急病，十天不到，积蓄全部用光，而他的眼也因此耽误。

然而，令瞎老张做梦也想不到的是，他自己二十年前捡回来的会是一匹狼。儿子天顺从十岁开始就逃学打架，后来和一伙流氓混在一起，逐渐成为乡里一霸，终日欺男霸女，无恶不作。再后来，天顺和一个公安局的领导成为朋友，有了保护伞的天顺更加肆无忌惮，乡人叫苦不迭。

天顺在外凶狠，对瞎老张却十分孝顺，每次回来都爹前爹后地问候个不停。有时还会端来洗脚水。瞎老张劝他改邪归正，他表面应允，转脸就变。瞎老张忍无可忍，两次去县里告发。结果不到一星期，天顺又继续逍遥法外，而倒霉的是那些和他有过过节的人。有人曾私下给他讲是他爹告的他，天顺不信，说瞎老张为救他的命，自己的眼都耽误了，怎么会把他往监狱里送呢。

一日，天顺当着邻居的面奸污了人家的女人，又喝得酩酊大醉回家。半夜醒来要水，喝过瞎老张递的一碗水后，不久就开始抽搐起来，嘴角还有白沫溢出。儿子似乎明白了什么，祈求瞎老张送他去医院，瞎老张含泪摇头。天顺从床下取出一个夹有三万块钱的本子给他，

一盏灯的温暖

本子上还歪歪扭扭地写着："听说爹得的是白内障，兴许有复明机会，等挣够四万块，就带爹去北京……"瞎老张哭着冲出屋子，天顺就再没有醒来。

看着眼前形象猥琐的瞎老张，我的鼻子突然酸了。听哥哥说，自从瞎老张出狱后，又操起了老营生，生意出奇的好，乡人购药只买他一人的。其他的竞争对手也都相继有始无终了。

阳台事件

有个东西正好坠落下来，他躲闪不及，那个东西软绵绵地挂在左耳上，他欲发火，二楼阳台开出一朵"鲜花"来。"大哥对不住哟，没伤着你吧。

连续多天的阴雨终于放晴。太阳似乎在弥补多日的不足，显得出奇的灿烂和温暖。

支刚拿本书拖只凳子走进天井，他先用力呼吸一口空气，接着伸个懒腰，坐下来准备阅读。这时，支钢的目光被天井一角给吸引了：但见三只蚂蚁正在纠缠一条蚯蚓，蚯蚓似乎没把它们放在眼里，只顾自己爬行，眼看一只蚂蚁爬上头顶，蚯蚓不慌不忙一个甩头，蚂蚁被扔出老远，摔得晕头转向，蚂蚁并不气馁，先是原地一阵挣扎，待调整方向继续进攻。

第六辑　你到底笑什么

蚯蚓并不恋战，它先是伸长脖子把身体向前方拉长得像根弹簧，继而头部用力扒地，另一端稍一松弛，身体迅速向头部靠拢。只几个来回，身体已接近草丛。这下三只蚂蚁无奈了，其中一只还舞动着触角，在地上急得转圈，像在呼救落水的好心人。剩余两只继续从两侧咬住蚯蚓不放，奈何实力悬殊，可怜的蚂蚁被拖进了草丛。

支刚觉得有趣，他想到应该帮弱者一把。于是，蚯蚓被一根棍子拨到天井中央，他自己干脆趴在双股仔细观战。随后的战事越发热闹，只见陆陆续续来了许多蚂蚁，它们群起攻之，尽管蚯蚓顽强战斗，怎奈寡不敌众，眼见它的身子"变黑"，"变粗"，行动越来越艰难……

支刚正看得热闹，一阵窸窸窣窣之声从头顶传来，接着头顶的阳光被剪裁得支离破碎。支刚一抬头，有个东西正好坠落下来，他躲闪不及，那个东西软绵绵地挂在左耳上，他欲发火，二楼阳台开出一朵"鲜花"来。"大哥对不住哟，没伤着你吧。"

原来是二楼的新邻居，新邻居正用雪白的手臂跟他打招呼，支刚说着没事没事，把耳朵上的东西取下。原来是个文胸，一个大号的黑色的镶着蓓蕾边的泛着香水味的文胸。没事没事，支刚又重复了一句，说话间他用力地捏了捏文胸。

跟漂亮的女邻居"说说话"是他盼望已久的，但苦无良机，今天这机会挺好，他捉摸着怎样继续下去。"大

一盏灯的温暖

哥，看书啊？""哦，是啊是啊，业余喜欢写点豆腐块。"话一出口，他自己有点吃惊，怎么答非所问呢？还是自己非常愿意让所有人都知道自己刚在晚报上发了篇处女作"豆腐块"？他觉得自己能言说的特长太少，也许这个特长不仅体面，且可以引人注目。

"哦！"果然，邻居很惊讶，"是吗？还真不知道您是个作家呢，其实我也挺喜欢文学的，就是老也写不好。"邻居的表情很夸张，她惊讶之余把自己的身子又押出阳台不少，似乎想更加清楚地"关照"支刚。

此刻的支刚很激动，他不能继续关注蚂蚁和蚯蚓的胜败了，他立起身来，眼睛有意无意地睃邻居雪白的脖颈。他说："哪里、哪里，爱好，爱好而已，不过既然大家都喜欢文学倒是可以……"支刚的"切磋切磋"没出口，邻居说："大哥，麻烦给我扔上来吧。""哦，好的。"他故作轻松和潇洒地笑，举手向上抛去。"谢谢。"邻居说完转身离去。瞬间，楼上空空如也，只留下花花绿绿的衣服和炫目耀眼的太阳。

他有些失望地坐下，接着先后两次抬头，还是只看到白花花的太阳和花花绿绿的衣服。他摸了一把耳朵，闻了两遍手，仍有余香。

"大哥，今天休息啊，大嫂呢？"邻居又出现了，这次是端了一盆水，她把水盆放在阳台的拐角上，用湿毛巾擦拭晾衣竿。

"啊啊，啊，你嫂子，不不，我还没结婚呢？"他觉得女邻居透明状的盆底正泛出无规则的光晕。

"是吗？"女邻居又是张嘴吃惊状，一口齐整的白牙熠熠生辉。"能找到您这样的大作家该有多浪漫呀，您不知道，其实我小时候特崇拜作家……"

支刚有风度地颔首微笑，恰到好处地谦虚地呵呵两声。余光始终没离开邻居那 V 字形领口。

"哎哎——"支刚正神往间，女邻居突然惊叫，随着惊叫声他看见塑料盆跌落下来，他本能地抱头躲避，一盆水却准确无误地灌进衣领。

"啊——"他一个激灵想跳起来，却怎么也跳不起来。

"咯咯咯、咯咯咯……你不是构思小说么，怎么睡起觉来了。"身后传出笑声，是老婆。老婆刚才用洗完衣服的一双冰冷的手插进他的衣领。

"哦，"他又是一个激灵，抬头仰视着太阳说："这鬼天气，真热，真热啊。"

喜　英

胡孩打得正欢，突然一声惨叫，人就歪歪斜斜地栽倒在地上。但见身后的喜英手持铁锹，横眉冷目，怒气冲冲。

一盏灯的温暖

喜英弱智，胎带的。

喜英不仅智障，身体也有残疾，她的双腿一粗一细，一长一短，走起路来一拐一瘸。小时候，同龄人喜欢拿她逗乐，他们说，喜英，来，跳个舞，喜英就淌着口水笑嘻嘻地小跑着转圈。于是笑声哄然。

喜英虽傻，但女人的事还是不期而至，起初她不懂打理，尽管母亲手把手地反复教，可每个月，她的屁股上还是会亮几次"红灯"。

喜英喜欢瞧新媳妇。随着年龄增长，她这种兴趣有增无减。有村人问："喜英，你啥时候也成新娘子呢？"喜英就傻笑，脸上幔着红云。

喜英21岁那年出嫁了，男人是个侏儒，但智力正常。喜英的母亲怕女儿在婆家受气，常请她回娘家住。这段日子，喜英终日嚷着回家。母亲骗她说："过几天，伟儿（男人的乳名）会来接你回去的。"此后，喜英终日守在村口，村人问她干啥呢？她说等伟儿来接我呢。直到夕阳西下，她才恋恋不舍一步三回头地回来，一路上还不断自言自语说："伟儿咋不来接我呢？"

十月，村里逢古会，母亲给她买新衣。母亲给指一件，她摇头，指一件，她摇头。平常女儿最欢喜穿新衣服，今天怎么了！母亲问："都样不中么？"喜英的脸上有了哀愁，她说："您看，我也不会做个鞋啥的，眼看都冬天了，伟儿还没棉鞋穿呢！"母亲红了眼圈，给门婿买了一双棉鞋。

随笔随语

之后，喜英总是抱着棉鞋问："娘，伟儿咋还不来接我呢？"

一日，几个邻居来家里串门，见她怀抱棉鞋自言自语，就问她怎么天天吵着回家，婆家人对她好吗？喜英眉飞色舞着说："回家可得法啦，伟儿一会儿摸我的妈妈（方言，乳房），一会儿吃我的妈妈，一会儿他骑我身上，一会儿我骑他身上……"

喜英一席话听得邻居们面红耳赤、坐立不安。正在院子里扫地的母亲简直无地自容，见女儿还在滔滔不绝，就一扫帚扑来。喜英不明就里被母亲扑个趔趄，委屈得号啕大哭。她一边哭，一边收拾自己的东西。完了，背起包袱，抱着棉鞋一拐一瘸地走出院子。母亲问她去哪里。她说回婆家，再也不回来住了。

喜英的男人因身材矮小，不能像常人那样去城里打工，便在邻村的砖场干些杂活。男人不在家，喜英就跟村里的孩子们一起玩过家家，或去田里逮蚂蚱，塘里捉蛤蟆。后来，男人放心不下，便把喜英带在身边。喜英很听话，在男人附近玩耍，有时还帮男人打打下手，拿拿工具什么的。

这一天，男人见喜英离开自己视线好长时间了，就四处寻找，忽听远处的窑洞里有轰笑声传出，他赶去一看，光棍胡孩正和喜英比奶子呢，胡孩说他的大，喜英说她的大，喜英还把自己的奶子揪得老长。

"日你娘！"

一盏灯的温暖

男人一声怒吼，扑向胡孩。男人哪是人高马大的胡孩的对手，一会儿工夫便被胡孩压在身下。胡孩打得正欢，突然一声惨叫，人就歪歪斜斜地栽倒在地上。但见身后的喜英手持铁锹，横眉冷目，怒气冲冲。

事后，胡孩把喜英告了，结果因喜英无行为能力，加上胡孩调戏人家在先，不但没赢了官司，反而被"司法所"口头警告。

让人没有想到的是，之后的日子里，喜英只要瞧见胡孩，就会操起个什么物件往他头上砸。后来，胡孩干脆不敢在窑上待了，他生怕哪一天一不小心做了冤死鬼。

老　王

你别劝我，就是死了，我躺在地上也是一个"大"字，怕了他们就不是我老王。

已经好多天没见过老王了，不知道这家伙在忙些什么，竟然生意也不做了。每次看到空空如也的摊位，我都会这样想。说起和老王的结交，有点不打不成交的味道。

"老乡，要点啥？"那是我搬到新居第一次去市场买菜。一个人高马大的张飞式的汉子，大着嗓门跟我搭讪。他瞪得鸡蛋般大的眼睛凶悍地对着我，有点瘆人。

"芹菜多少钱一斤？"

"一块二。"

"实芹么？"我虽不常买菜，但也知道芹菜有空、实之分，空芹茎是空的，嚼起来像吃草似的丝丝溜溜，毫无口感可言。

"啪啪，"汉子朝荒草地似的袒露的胸毛上拍了两掌，骇人的脆响过后，汉子说："保证实芹，骗你出门让车撞死。"

本来准备称二斤的，一听汉子不计成本的旦旦誓言，我犹豫了，生活常识告诉我，那些动勿拿自己亲人的清白，甚至自己的生命来做赌注的人往往不可信。

我摇摇头，用似笑非笑表示了对他人格的怀疑。同时，为显示我买东西的诚意，过了两个摊位，我停下来。

"老板，你这是实芹么？"

"保准是。"

看着老板的诚实相，我称了一斤。

拎着篮子出了菜场，我的胳膊被人拖住。一回身，天哪，竟是那凶神恶煞的高大汉子，我想挣脱，汉子的一只手像个钢钳，几次努力都是徒劳。

坏了，我暗暗叫苦，难不成因为一斤芹菜他要揍我？正不知所措，汉子忽地从身后取出一团东西向我砸来，我"啊"一声，慌忙侧身，但见汉子左手划了一个弧线，钻进了我的篮里，由于他用力过猛，我差点脱了手。

"让你看看到底谁是好人？"

一盏灯的温暖

　　汉子撂下一句话扬长而去，而我的篮子里多了一把芹菜。我哭笑不得地把故事讲给妻子听，妻子对比着用手一捏，马上得出结论，汉子的是实芹。这个汉子就是老王。

　　我被这个别具一格的实诚人折服了，从此我只买他的菜。渐渐，我们聊得越来越深，不但知道我们是同乡，还知道我们住在一个小区。

　　老王始终是那副咋咋呼呼的脾气，遇事还是那样顶真，说话还是那样呛人。老王曾私下给我说，这卖青菜的队伍里啥人都有，为了私利啥事都干。我说你这样不怕得罪大家？老王说我是凭良心做买卖，怕什么？

　　时间又过了若干天还是不见老王的影踪，他的铺位一直空着。我好生奇怪，忍不住问了周围摊主。摊主们都摇头，脸色冷漠。

　　我决定去看看老王。敲了门，开门的是老王的老婆，见是我，她有点意外，忙对着卧室说："那谁，刘大兄弟来看你了。"

　　走进卧室，我吃了一惊，只见床上的老王双腿打着石膏。十几天没见他显得苍老了，眼窝下陷，双目混浊而无神。

　　见我进来，老王挺了挺身子，问我咋来了。我说，好多天没见你，就猜你有啥事，是晚上贩菜摔的么？伤得严重么？我关切地问。没，没事，被车擦了一下，过几天就好了。我发现老王的脸色出奇地难看，旁边的媳妇别过脸抹眼睛。

我能理解他们的苦衷，老王是家里的顶梁柱，他倒下了，挣不到钱不说，还得缴摊位费，再说老家还有两个老人和两个上学的孩子。

我叹口气说："你呀，日后可得注意，摩托车危险着呢，到底咋回事，对方全责么？"

"这——"老王的话没说下去，头低下来了。

"啥车擦的，是那帮孙子给打的？"老王的老婆说完，忍不住呜呜哭起来。

接着我知道了一切，原来是老王做生意得罪了同行，一天回家的路上被人蒙了麻袋殴打成这样——双腿粉碎性骨折。我不知道老王是怎样得罪了别人，让这些丧心病狂的同类下这样的毒手。

"我说让他少找些事吧，他偏不听。"妻子哭着埋怨。

"哭，哭，哭你个球，我就是看不惯那些骗人的东西，你等着，等伤好了，还得这么干，就不信他们能灭了我。"老王的嗓门大起来，眼睛瞪得骇人。只是瞬间，目光又暗淡下来。

我说算了吧老王，城市大着呢，有手有脚干啥不能养活自己呢？我劝他。

"不，你别劝我，就是死了，我躺在地上也是一个'大'字，怕了他们就不是我老王。"

离开老王家，我有些想不通，为老王。你说说，你做你的生意呗，自己不骗人不缺斤短两就成了，何必去

一盏灯的温暖

戳穿别人的鬼把戏呢。

以后的日子我再没见过老王，听说跟媳妇回乡下了。我不知道她媳妇是用什么方式说服了他，我为老王的妥协感到欣慰，同时又觉得胸口闷闷的、刺刺的。

现在每次去菜场，我都会朝老王曾经的摊位上看一眼，有时候，一个恍惚，我会发现那个凶神恶煞的黑大个还在那里站着。